その兄弟、恋愛不全

目次

イラストレーション／Ciel《シエル》

その兄弟、恋愛不全

扉を開けたロッカールームは無人で、日中の厳しい暑さを予感させる熱を載せた海風が静かにたゆたっていた。これから盛りを迎えようとしている夏の匂いを呼吸しながら、Tシャツに黒い半袖《はんそで》Vネックのスクラブを重ね着したいつもの格好になり、宝生《ほうしょう》真紘《まひろ》は向かいの総合医局へ入った。

午前八時まであと二十分ほど。勤務する全医師の百五十を越す机がずらりと並ぶ大部屋は、閑散としている。手術がある外科系の医師はもうとっくに出勤して準備にとりかかっており、他の診療科の医師たちが出てくるのはたいてい八時半前後だ。

真紘も普段は後者組なのだが、今朝《けさ》は意図せず早い出勤となった。

このところ大きくなるばかりのストレスを少しでも汗と一緒に流したくて行ったスポーツクラブが臨時休業日で、仕方なくそのまま病院へ足を向けたためだ。

「真紘先生、おはよう」

自分のデスクに座り、書きかけの論文に手をつけてしばらくしたとき、年配の女医が声をかけてきた。挨拶《あいさつ》を返した真紘に、女医は小さな水色の封筒を差し出す。

「昨日、うっかり渡しそびれたんだけど、私のメールボックスに間違って入ってたの」

——宝生総合病院心療内科　宝生真紘先生

したためられた宛名書きの筆跡には見覚えがあった。一瞬、躊躇《ためら》って跳ねそうになった指先で、真紘は「どうも」とそれを受け取り、女医の気配が遠ざかるのを待って封を開けた。

裏にはまったく知らない女の名前が書かれていたが、封筒の中に入っていたのは予想した通りの、「好きです」とだけ綴《つづ》られた便箋《びんせん》だった。

またか、と真紘は内心でうんざりと息を落とす。差出人の名前と封筒が常に違う、けれども筆跡は同じこの手紙が不定期に届くようになったのは二ヵ月ほど前からで、これで七度目だ。

凛然《りんぜん》とした双眸《そうぼう》の深い漆黒《しっこく》と造作の精緻《せいち》な容貌《ようぼう》、額や耳にまっすぐに流れ落ちる黒髪。三十一歳となった今もなお瑞々《みずみず》しいなめらかさを失わない澄んだ肌と、しなやかな細身の体軀《たいく》。否応《いやおう》なく人目を惹いてしまう容姿に加え、横浜市内最大の規模を誇る民間病院の院長子息という立場。

異性から一種異様な秋波を送られることに、真紘は慣れている。まるで心当たりのない女から匿名《とくめい》のラブレターが来ようといつもなら特に気にしないが、毎回の変名という意味不明な小細工つきの手紙がこう何度も続くと、さすがに薄気味悪い。

しかし、「好きです」とただ一言書かれた手紙が届くだけという現状では、警察に通報したところで相手にされないだろう。誰かに相談しても、どうにかなるとも思えず、真紘のできる対策は、手紙が届くつど、それをシュレッダーにかけることぐらいだった。

いい加減、今は出口の見えないいくつもの難題に頭を悩ませ、胃を痛めている。そこへ、さらに厄介事《やっかいごと》を増やしたどこの誰ともわからない女を心の中で恨《うら》みつつ、共有スペースの棚に置いてあるシュレッダーで手紙を粉砕《ふんさい》していたさなか、内線が鳴った。ちょうど出勤してきたケーシー姿の研修医が応対に出たあと、「真紘先生、院長がお呼びです」と告げた。

「ああ、わかった」

シュレッダーに手紙と封筒がすべて吸いこまれたのを見届けて頷いた真紘の隣に、「あのぉ、真紘先生」と研修医が立つ。

「院長にお会いするなら、ついでに、ロッカールームにもエアコンをって、おねだりしてもらえませんか？　朝イチで入る部屋があんな蒸し風呂じゃ、暑くて溶け死んじゃいます」

横浜市神東《じんとう》区の海にほど近い丘に広大な敷地を有し、高等看護学校を併設《へいせつ》してそびえ立つ宝生総合病院には現在、「宝生」の名を持つ医師が四人いる。

院長で、日本における勃起不全《ED》治療の権威《けんい》として名を馳せている泌尿器《ひにょうき》科医の将吾《しょうご》。その長男で、整形外科医の裕一《ゆういち》。産婦人科医である次男の春大《はるまさ》。そして、三男の真紘だ。

職員らは真紘たち兄弟を下の名前で呼ぶが、そこに「兄弟を区別する」という以上の意味はない。しかし、院内の各診療科を短期ローテーション中で、今は心療内科にいる卒後一年目のこの初期研修医の呼び方には、妙な馴れ馴れしさがあった。

「心置きなく、あの世へ旅立っていいぞ。線香くらいは、じゃんじゃんあげてやるから」

ただでさえ、爽快さとはほど遠い朝だ。底抜けの前向き思考なのか、本物の馬鹿なのかは不明だが、指導医《オーベン》でもない自分になぜかやたらと懐《なつ》く不気味な男の相手をしてやる気には、とてもなれなかった。

軽くあしらって医局を出たが、研修医は「まだ、お話が〜」としつこくついてくる。

「来週から、外科にチカさんって先生の妹さんが来るそうですよね？　チカさんは、先生似の美人ですか？　それとも、先生よりも美人の超美人ですか？」

「……あいつとは血は繋《つな》がってないから、毛細血管の先すらも似てない」

真紘が将吾の四人の子供の中では唯一、後妻の連れ子であることも、だからといって家族仲には何の問題もないことも、院内では誰もが知っている。研修医は特に気を遣うでもなく、

「あ、そうなんですか。でも、裕一先生たちだってちょっといない感じの美形なんですから、どっちにしろチカさんは美女ってことですよね！」と目を輝かせる。

「先生。チカさんには、彼氏はいるんですか？」

チカ、チカ、とストレスの最大の要因である名前を連呼され、最近は治まる日のない胃の疼《うず》きが酷《ひど》くなる。チカは妹ではなく弟だとは教えずに「さあな」とだけ返し、真紘はエレベーターで院長室のある最上階へ上がった。


真紘が母親の再婚によって宝生家の一員になったのは、七歳のときだ。二十年以上も前の、その麗《うら》らかな春の日のことを、真紘はとても鮮明に記憶している。

新しくできたふたつ下の弟の智佳《ともよし》に、会うなりプロポーズをされたからだ。

本名を音読みにした「チカ」という愛称で呼ばれていた智佳は、初対面の挨拶もそこそこに真紘を南の庭の花壇の前へいざない、手折ったチューリップを差し出して言ったのだ。

『きれいなまひろちゃん、ぼくとけっこんして』

子供の頃の真紘はよく女の子に間違われた。それも、周囲の大人から、犯罪を呼ぶのではないかと心配されたほどの絶世の美少女に。

だから、五歳の智佳は、真紘が男だとはどうしても納得しなかった。仕方なく、下着ごとズボンを下ろして男である証《あかし》を見せたが、諦《あきら》めるどころか、泣いて食い下がってきた。

『おちんちんついててもいいから、けっこんして！』

智佳が自分を見つめてぽろぽろとこぼす涙に困りはて、真紘はつい「じゃあ、大人になったら、してやるよ」と頷いてしまった。その場しのぎの、大して意味のない約束だった。ただ、子供心にも何となく「男同士の結婚」はいけないことだとわかっていたので、「その代わり、誰にも内緒だぞ。誰かに喋《しゃべ》ったら、結婚してやらないからな」と口止めをした。

ちゃんと言いつけを守り、真紘のあとをついて回るようになった智佳は、ほどなく「つよくなりたいから」と父親に自ら申し出て近所の剣道場へ通いはじめた。

強くなりたいわけを、智佳は真紘にだけ教えてくれた。

『あのね、きれいなおひめさまには、おひめさまをまもるキシがいないとだめなんだって。キシはケンをもってるつよいひとで、おひめさまはキシとけっこんするんだよ。だから、ぼく、つよくなって、まひろちゃんのキシになるよ』

幼稚園で何かに影響されたらしい。目をきらきらと輝かせてそう宣言した智佳は、それからもことあるごとに、「はやくおおきくなって、つよいキシになるから、ぼくとけっこんしてね」と真紘の耳もとでこっそり囁《ささや》いた。やがて、真紘もだんだんと小さな求婚者が可愛《かわい》くて仕方なくなり、どこへ行くにも手を繋ぎ、常に隣り合い、夜は同じ布団で眠った。

しかし、それは幼いうちのほんの一時だった。成長するにつれ、真紘と智佳の間には、ごく正常な男兄弟の距離ができた。利発だった智佳は、剣道場通いは続けていたものの、早めの思春期を迎えて以降は自室にこもっての読書を好んだし、真紘は真紘で中学に入って出会ったバドミントンに夢中になった。そんなつかず離れずの関係のまま、「普通の兄弟」として大人になれればよかったのに、そうはならなかった。

高三に上がった春休み、真紘の頭の中ですべてが唐突に一変してしまったのだ。

ある夜の風呂上がり、真紘は父親用の洋酒ゼリーを誤って食べて酔っ払った。意図せず摂取《せっしゅ》してしまったアルコールのせいでふわふわと心地よくなり、台所の床に転がったあとの記憶はあまりない。

だが、はっきりと覚えていることもある。陽気な軟体動物と化して母親を困らせていたところを智佳に抱《かか》えられて部屋へ連行されたこと。そして、何年かぶりに触れ合い、体温を感じた弟の身体が、兄の自分を支えて歩いてもびくともしないくらいに逞《たくま》しくなっていて驚き、心臓が痛いほどに跳ねだしたこと。

肌をざわめかせた興奮は、その夜、真紘に夢を見せた。智佳と「医者になったら、ふたりで家を出て結婚しよう」と誓い合い、キスをするという夢を。

キスの経験などなかったのに、舌を絡め合う感触がやけに生々しかった夢に驚いて飛び起きた日の部活の帰り道、今度は、コンビを組んでいたパートナーに告白された。「一日中、お前のことが頭から離れなくて、練習に身が入らない」と。

当時の真紘にとって、バドミントンは青春そのものだった。インターハイへの出場が悲願だった。今年こそ予選を勝ち上がらなければ、その夢はもう永遠に叶《かな》わない。今、ふたりですべきことは練習で、恋ではないはずだ。そう思った。真剣なものだとわかっていた告白を撥《は》ねつけ、人通りは少なかったとは言え、路上で厳しい言葉を投げつけたのは、それが理由だ。同性からの好意に嫌悪を感じたからではない。パートナーに目を覚ましてほしかったのだ。

だが、もう予選が近いのに、という動揺に混じって、奇妙な貞操観念が働いたのも事実だ。パートナーの告白に触発されて朝見た夢が鮮明に蘇《よみがえ》り、自分の心と身体は智佳のものだ、という想いが咄嗟《とっさ》にひらめいたのだ。

結局、コンビも友人関係も解消する羽目になり、卒業後は音信不通となった彼に、ほかにどんな答えを返せばよかったのか、未《いま》だによくわからない。けれどもとにかく、日付まではっきり覚えているその日を境に、真紘の目には智佳が「男」として映《うつ》るようになった。

かつては庇護欲《ひごよく》をそそられた小さな子供だったのに、いつの間にか自分を追い越していた背。いかにも剣士らしい清廉《せいれん》な生真面目《きまじめ》さに、大人びた仕種や物言い。どんな遠くからでも、視線が吸い寄せられてしまう端整な容貌。

交わす言葉や共に過ごす時間が減っても、仲が悪くなったわけではないし、真紘にとって智佳は常に、兄弟の中で最も気を許せる存在だった。だからなのか、意識したとたん、美しく精悍《せいかん》な弟へ惹かれる気持ちは、雪崩《なだれ》を打ったようにどんどんと膨《ふく》れ上《あ》がっていった。

もしかしたら、小さな求婚者を愛《いと》おしく感じていた子供の頃の気持ちを、自分は心のどこかで知らず知らずのうちにずっと育てていて、臨界点に達したそれが溢《あふ》れて、噴き出してきたのかもしれないと思うほどの激しさと急速さで。

部屋へ運んでもらった翌日からも、智佳の態度に変化は何もなかったので、二度目の結婚の約束もファーストキスもただの夢だということは、わざわざ確かめずとも明らかだった。それでも、現実ならよかったのに、と幾度《いくど》となく願わずにはいられなかった。智佳は何年か前から上の兄たちにもそうしており、特別な意味はないとわかってはいても、「兄さん」ではなく、「真紘」と呼ばれると、胸がひどく躍った。

もちろん、もう自分に何の興味も持っていない、しかも子供の頃に交わした言葉も覚えていないに違いない弟に恋をしても、するだけ無駄だという自覚はあった。だから、諦める努力は色々してみた。宝生家の伝統に従って地元大学の医学部へ入って勉強に没頭《ぼっとう》し、男として、人として正しい道へ戻ろうと恋人を作り、異性とのセックスも経験した。

しかし、更生の萌《きざ》しは少しも見えず、煩悶《はんもん》していたさなか、智佳が進学先に九州を選んだ。末っ子ゆえの独立心だろうか。父親の影響のない地の医学部で学びたい、生活費もできるだけ自分で賄《まかな》いたい、と言って家を出た智佳は、学生時代も医師となってからも、忙しさを理由に一度も帰ってこなかった。

智佳の顔が見られない、声が聞けない辛さは、焦《こ》がれる気持ちをいっそう深く煽《あお》った。こらえきれなくなった夜には、智佳との甘い睦《むつ》み合《あ》いを妄想し、自慰《じい》に耽《ふけ》った。

そんな不道徳さを隠して恋人とつき合い続けることへの罪悪感から、真紘は徐々に勃起《ぼっき》しにくくなった。医学部の同級生だった恋人はそれを責めも笑いもせず、長い間、真紘を寄りかからせてくれたけれど、その関係は三年前に終わった。

『誤解しないでね。ＥＤが原因じゃないから。あなたが、いつまでも私を見てくれないことに疲れたの』

そう別れを告げられて以来、真紘は誰ともつき合っていない。弟への執着めいた恋情を捨てるために女を利用し、傷つけるのが嫌だったのもあるが、一番の理由は完全なＥＤになってしまったことだ。気がつけば、智佳にしか性欲を感じなくなっており、そのくせ、智佳とのどれほど淫《みだ》らな交わりを想像してみても、性器がまったく反応しなくなっていたのだ。

原因が原因なので、どうにかしたくても、何もできなかった。ひとりで秘密の悩みを抱えながら他人の心身の不調を診察し、その鬱屈《うっくつ》を発散するためのジム通いをする以外は。

そうした毎日が苦痛で、真紘はこの春、それまで所属していた大学の医局を辞して実家の病院へ移った。せめて大学医局内の煩《わずら》わしい派閥《はばつ》闘争から離れ、少しでも精神的負担を軽くしたくての決断だった。なのに、頭痛の種は却《かえ》って三つも増えてしまった。

新たな憂鬱《ゆううつ》の一つ目は新緑の薫る頃、結婚八年目の長兄夫婦に三つ子の男子が誕生したことでもたらされた。一度に三人の初孫を抱き、すっかり浮かれた将吾が、もっとたくさんの孫を望むようになったのだ。すでに結婚している次兄には早く子供を作れと急《せ》かしだし、未婚の真紘には今年中の結婚を猛烈な勢いで勧めはじめた。

将吾の頭の中では、次兄夫婦の子供の出産予定日はともかく、「真紘の年内の結婚」は勝手に動かしがたい決定事項になっていた。断るそばから雨あられと降るようになった見合い話とほぼ同時にやってきたのが、匿名《とくめい》の不気味なラブレターという二つ目の憂鬱だった。

そして、三つ目は、先日、急に決まった智佳の入職だ。その報《しら》せがまったく嬉しくなかったわけではない。だが、妄想の中で散々、淫猥な奉仕を強いて汚《けが》してきた智佳と、どんな顔をして同じ家で暮らし、同じ職場で働けばいいいか、真紘にはわからなかった。

何より、智佳を目の前にして、これ以上、気持ちを囚《とら》われてしまうことが怖かった。だから、父や兄たちがそうしていたように、学会や出張で九州方面へ赴《おもむ》いたさいに立ち寄れば会えたにもかかわらず、今まで一度もあえて連絡を取らなかったのに――。

智佳の帰省の日が迫るにつれ、真紘の胃の痛みは激しくなるばかりだった。

将吾の用は、今朝はいつもより早く家を出たために受け取れなかった母親の弁当を真紘に渡すことだった。――見合い相手候補たちの写真を添えて。

好みの女性がいませんから、と慌てて逃げてきたせいで、院長室に弁当を忘れてきたことに気づいたのは、午前中の外来診察をすませて五階の総合医局へ戻ったときだった。

取りに行こうとして、すぐに思い直す。弁当を作ってくれた母親には悪いが、また話を蒸し返されたくはなかったし、朝からいくつもの気鬱が重なったせいで食欲もあまりない。食事をする代わりに、真紘はロッカーから二本のラケットとシャトルを取り出す。

休憩時間中のバドミントンは、真紘にとってはいい気分転換で、春にこの病院へ来たばかりの頃は、声をかければ誰もが気軽につき合ってくれた。しかし、インターハイへの出場こそ逃したけれど、強豪校のエースだった真紘は、ラケットを握るとつい熱くなって手加減のないパワーショットを打ちこみ、相手にも本気のプレーを求めてしまう。結果、短期間で重度の筋肉痛患者を大量生産したため、誘いに応じてくれる者を見つけるのが難しくなった。職員たちはラケットを持って院内をうろつく真紘とは絶対に目を合わせてくれないし、薬の売りこみのために医者の顔色を常にうかがっている製薬会社の営業《MR》スタッフですら逃げていく。

今も、ラケットを脇に抱えてロッカールームを出たとたん、手の空《あ》いていそうな同僚らが一斉に姿を消した。仕方がないので、研修医でも呼びだそうと思ったときだった。視界の端に、廊下で背の高い男と立ち話をする長兄の裕一の白衣姿が映った。

兄さん、と真紘が発した呼びかけに裕一が振り向く。その拍子に、裕一の身体の陰になっていた男の顔があらわになった。

いかにも健康そうに引き締まった、腰の位置の高い長身にTシャツとジーンズを纏《まと》った若い男だ。一瞬、裕一の受け持つ入院患者の家族が話を聞きに来ているのかと思ったが、違った。肩のあたりまで伸びてゆれる黒髪。くっきりとした二重の怜悧《れいり》な双眸に、高く通った男らしい鼻筋、官能的な形をした唇。少年だった頃に宿していた尖った潔癖《けっぺき》さを洗練された艶《つや》へと変化させ、よりいっそう印象的な華やかさを増した美貌。

——智佳だ。

驚いて目を瞠《みは》る真紘が手にするラケットを一瞥《いちべつ》して、裕一もまた目もとを引《ひ》き攣《つ》らせた。そして、素早く智佳に向き直る。

「悪い、チカ。俺は用を思い出した」

智佳の肩を叩いて言った裕一は、後退《あとずさ》り気味に「ちょうどいい、真紘。お前、時間があるなら、チカの案内をしてやれ」と告げて、不自然な大股でどこかへ行った。

突然、智佳の前にひとりで置き去りにされ、真紘は困惑した。

急な退職者が出て慢性的な人手不足に拍車がかかった外科へ来てくれないか、と将吾が智佳に打診したのは、半月ほど前のことだ。智佳はその場で応じたらしいが、諸手続きがあるため、帰省は早くても明後日《あさって》だと聞いていたので、まだ十分な心構えができていない。

色々と想像はしていたけれど、二十九歳となった生身の智佳が漂わせる雄《おす》の魅力は、圧倒的だった。高校生の頃よりも伸びた背、大人のものとなった体つき。見惚《みと》れないように自制するだけで精一杯で、かける言葉が浮かばなかった。

先に口を開いたのは、智佳だった。

「あんた、まだそんなもの振り回して遊んでんのかよ」

呆れた眼差しでラケットを見やった智佳の声も、会わなかった十年間で変わった雰囲気同様、記憶に残っているそれと少し違った。

不安定な繊細さが剥がれ落ちたなめらかな深みのある甘い低音に、肌がざわめく。

今、この声でプロポーズをしてくれたら、すぐに頷くのに――。

反射的に湧いた馬鹿馬鹿しい願望を、真紘は慌てて胸の奥へ押し戻す。

「……遊びじゃない。健康管理の一環だ」

「ああ。あんた、もう三十過ぎたしな。メタボに気を遣うお年頃か？」

揶揄《やゆ》めいたふうに笑い、智佳は持っていた小さな包みを「さっき、親父のとこへ顔出したら、預かった」と真紘に渡す。院長室に忘れてきた弁当だった。

「で、三十一にもなって、ママにお弁当作ってもらうのも、健康管理の一環かよ」

最初は気のせいかと思った。だが、「久しぶり」の一言もなかった智佳の唇の端に浮かんでいるのは、兄弟ゆえの遠慮《えんりょ》のなさと言うよりは、軽蔑《けいべつ》に近いものに見えた。

分別のつく年頃になってから智佳が家を出るまでの間、喧嘩らしい喧嘩は一度もしなかった。しかし、かつてのような親密さもなくなっていた。変に大人びたところのあった智佳は、家族の誰に対しても口数が減っていたし、真紘も恋を自覚して以降は意識しすぎて言動がよそよそしくなっていたからだ。

そんな関係を修復せず、十年も会わなかったのだ。智佳が自分との再会を喜んで、親しみのこもった笑顔を向けてくれるはずなどないことは、簡単に予想がついた。

真紘も連絡をしなかったけれど、智佳からも一度もなかったのだ。智佳にとって、真紘は十年音信不通でも何の不都合もない、そんなていどの存在でしかない。

慕《した》われていたのは、遙か遠い過去のことだ。智佳の記憶にはもうないのだから、かつて捧げてくれた自分を一心に求める言葉や煌《きら》めく眼差しは、今となってはただの幻にすぎない。

そうわかっていたはずなのに、心のどこかでは、都合のいい期待をしていたらしい。

胸の奥から、溶けた鉛《なまり》のように重く濁ったものがどろりと滲《にじ》み出《で》てきた。

「……違う。父さんが弁当を持っていくときに、あまったものをついでに詰めてもらってるだけだ」

傷ついた気持ちを悟られたくはなかった。真紘はうつむき加減に顔を逸《そ》らす。

「……お前、帰ってくるのは明後日じゃなかったのか？」

本音を覆い隠そうとしたせいで、口調がつい不必要に険しくなってしまった。すると、智佳もそれに応じるように声を尖らせた。

「向こうでの引き継ぎが、早く終わったんだよ。早く帰ってきちゃ、悪いのかよ？」

「……そんなことは言ってない」

喧嘩をしたいわけではない。真紘は落ち着くために浅く息を吸い、意識的に語気をやわらかくした。

「見ての通り、うちはこのでかさだ。俺の昼休憩の残り時間で全体を案内するのは、さすがに無理だからな」

六百の病床と、三十五の診療科及び診療センターを擁《よう》する十二階建ての宝生総合病院は、八年前に隣町からこの地へ移転してきた。そのため、ここは智佳には「実家の病院」ではあっても、まったく馴染みのない場所だった。

「着任日に事務局長が改めて案内してくれるだろうし、今日は外科病棟をのぞくらいで――」

「案内はいい。ひとりで適当にぶらつくから」

真紘を遮って言った智佳が、「それにしても」とふいに顔を近づいてきた。

「熱血バドミントン馬鹿は相変わらずみたいだが、老けたな、あんた」

焦点がぼやけそうな距離で目が合った瞬間、血流が沸騰《ふっとう》し、全身を赤く染め上げた。

吐かれた嫌味に反応したのではない。

網膜に、嗅覚《きゅうかく》に、胸に、自分の知らない十年の間に濃度を増した強烈な色香が深く沁みこんできて、心の奥へ押しこめたはずの智佳を恋うる気持ちが一斉に溢れ出てきたのだ。

「――弟のくせに、何だ、その生意気な態度はっ」

激しい赤面の理由を隠さなければと焦るあまり、真紘は我を失い、智佳の胸部を突いた。そして、硬く引き締まった筋肉の感触に体温がさらに上昇し、混乱がよけいに深くなる。

「ここは家じゃないんだ。年長者への敬意をちゃんと払え」

脈絡があるのかないのか、自分でもわからないことを放つ声が勝手に高くなってゆき、肩も大きく上下する。

そんな大げさな反応に、智佳がぽかんと瞬く。その肩越しに、騒ぎを聞きつけ、何事かと医局から出てきた職員たちの作る人垣が見える。

向けられるいくつもの驚きの視線が、真紘の羞恥心《しゅうちしん》を煽《あお》った。

「……とにかく、家と職場の区別はつけるよう、気をつけろ」

思考回路がますます縺《もつ》れ、「逃げる」以外の選択肢を思いつかなかった。

片眉を上げ、何か言いたげな表情になった智佳が口を開く前に、真紘はラケットと弁当を抱えてその場から逃走した。

その日の午後の病棟業務は、六時過ぎに終わった。ロッカールームへ入ると、ちょうどスクラブ姿の裕一も帰り支度をしていた。

「お疲れ様です」

室内にはほかに人影はない。だからだろう。裕一があからさまに眉《まゆ》を寄せる。

「真紘。俺は、チカの案内を頼んだんだぞ。誰が、公開兄弟喧嘩をしろなんて言った」

顔つきを険しくして、裕一はスクラブを脱ぐ。午後は大事な手術だったようだ。裕一は、大きな手術のときに験担《げんかつ》ぎとして身につける赤いシルクのビキニパンツをはいていた。

「しかも、チンピラのヤキ入れじゃあるまいし、蹴り飛ばして踏みつけるとは何事だ」

どういうわけか、真紘に関する院内の噂《うわさ》はいつも大抵、面白おかしく脚色される。今回もそうなるだろうと予想はしていたけれど、昼間の一件はやはり、ずいぶんとねじ曲げられた形で広まっているようだった。

「そんなこと、してません。口のきき方を少し注意しただけです」

ため息混じりに答えた真紘を、ワイシャツをはおった裕一が探る眼差しで見る。

「なあ。もしかして、お前ら、十年越しの大喧嘩でもしてるんじゃないだろうな」

「いえ、特には」

「本当か？　お前もチカも、何も言わないからあまり気にしてなかったが、考えてみたら、お前ら、この十年、一度も会ってないだろう」

「単に機会がなかったからです。深い意味はありません」

不審を招かないよう口調を軽くして、真紘はごまかす。

「それに、昼間は別件で苛々していたので、ちょっと短気になりすぎました。智佳には、あとで謝っておきます」

根掘り葉掘り問い質《ただ》されて、うっかりよけいなことを口にしたくはない。反省の態度を殊勝に装ってみせると、苦笑が返ってくる。

「お前は、そうやってたまに瞬間湯沸かし器になるところが、本当に難点だよな。兄弟喧嘩くらいなら、人前で多少派手にやらかしても笑い話ですむが、頼むから、患者にはキレるなよ。訴訟沙汰《そしょうざた》はごめんだぞ」

「俺は今まで、患者相手にキレたことは一度もありません。兄さんもご存じの通り、俺は、患者の心と痛みに寄り添う医師であることを、モットーにしていますので」

「そのぶん職員にはとことん無愛想で、『真紘様』なんて呼ばれて、煙たがられてちゃ、世話ないがな」

できるだけ気をつけてはいるけれど、真紘は診察室以外ではぶっきらぼうになりがちだ。

それは患者の前ではどんな受け答えをされても笑顔を絶やせない反動であり、決して父親の権力を笠に着て偉ぶっているわけではない。だが、元々、精緻に整いすぎた白い容貌に冷然とした凄みが宿っていることに加え、少しばかり口が悪いせいもあり、いつの間にか真紘は院内の一部で「様」づけをされるようになっていた。

もっとも、そんな呼び方をするのはほとんどが若い女のナースで、煙たがられていると言うよりは、面白がられていると言ったほうが正しい。

しかし、口答えはせず、真紘は「それも、注意します」と神妙な表情を作って着替える。

「とにかく、家では揉《も》めるなよ。俺の可愛い純真無垢《むく》な天使たちに、汚れた大人がいがみ合う毒々しい空気を吸わせたくないからな」

わかりました、と応じたものの、結局、家族全員が久しぶりに揃ったその夜の食卓の雰囲気はかなり悪いものになった。

非があるのは自分だという自覚はあったので、真紘はもちろん謝る気でいた。なのに、智佳はとりつく島もなく真紘を避けた。食卓の席は隣だったのに、目を合わせようとすらしなかった。

だから、真紘も押し黙るしかなかった。謝る機会も与えてくれないことに、むっとしていたのもある。だが、それ以上に、焦がれ続けてきた男から発せられる嫌悪の棘《とげ》が辛く、口を開けば声が情けなく震えてしまいそうだったのだ。

十年も疎遠だった男兄弟なのだから、最初はちょっとした仲違いもするだろう、と家族は呆れつつも、本気で憂慮はしていないふうだった。それだけは幸いだったけれど、こんな調子では、毎日心のひっかき傷が増えていくのは目に見えている。想像以上に疲弊感《ひへいかん》にまみれた再会初日をどうにか終えたベッドの中で、真紘は一晩中、寝ずに悩み、考えた。

これから、智佳とどう接すればいいのだろう、と。だが、答えなど出るはずもなかった。

翌週の金曜、午前中の外来診察をすませて医局へ戻り、メールボックスを開けると、また差出人不明の一行ラブレターが届いていた。

真紘《まひろ》は、八度目のそれをいつものようにシュレッダーにかけた。

昼食をとりながら読みたい論文があったが、そんな気分でもなくなった。スクラブのポケットに院内PHSを入れ、真紘は売店で買ったパンとコーヒーを持って屋上庭園へ上がる。

陽射しが強いせいか、憩《いこ》う人影はあまり多くない。濃い緑の匂いと静けさの漂《ただよ》う庭をゆっくりと歩き、真紘は木陰のベンチに座る。

眼下に広がる街の向こうに、夏の陽射しを孕《はら》んで白く輝く海が見える。海からゆるりと流れてくる生ぬるい風が、かすかな潮の香りを運んでくる。

生まれ育った街の夏をぼんやりと呼吸しながらパンを食べ終え、コーヒーを飲んでいたとき、どこかから女の甲高《かんだか》い声が紡《つむ》ぐ自分の名前が聞こえた。

「えー！　真紘様、結婚しちゃうの？」

「だって。相手は、どっかの医学部の教授のご令嬢らしいよ」

「嘘ぉ、ショック～」

見渡した周囲に姿はないが、どうやらどこかでナースたちが休憩中らしい。「どこかの医学部教授のご令嬢」の写真を見た覚えすらないのに、無責任な噂話《うわさばなし》に眉《まゆ》が寄る。

つい先日も、靴で智佳の顔を踏みつけていただの、聴診器《ステート》を鞭《むち》のようにしならせてぶっていただの、「女王様とお呼び！」と絶叫していただのと、あり得ないデマをまことしやかに流されたばかりだ。あまりに酷い虚偽情報の交換がされていれば否定しに行こうと思い、真紘は声のする方向をさぐる。

「何よ、そのマジへこみ。まさか、身の程知らずに本気で狙《ねら》ってたわけ？」

「そうじゃなくて、真紘様が家庭持ちになっちゃうってことがショックなの。奥さんとか、子供とか、全っ然似合わないじゃん！」

「まあ、裕一《ゆういち》先生や春大《はるまさ》先生みたいに強烈な家庭の匂いをプンプンさせてると、いくら超絶美形でも観賞の楽しみが減っちゃうしね。それは、ちょっと寂しいかも」

「でしょ、でしょ？　だから、真紘様にはあたしたちの目の保養、心のオアシスとして、ずっと孤高の女王様でいてほしいの！」

「あたしは、真紘先生って観賞用にしてもタイプじゃないなあ。三十過ぎた男の人なのに、あそこまで綺麗すぎるとちょっと不気味で、引いちゃう」

ずいぶんな言われように、思わず笑いが漏れる。

そもそもなぜ、王様や王子様ではなく、女王様なのだと腹が立つより、自分に対する品定めを隠れて聞いていることに居心地の悪さを覚えた。

さっさと退散したほうがよさそうだ。真紘はコーヒーを飲み干して立ち上がる。空き缶とパンの袋をゴミ箱へ捨て、扉口へ向かう。

「でも、智佳《ともよし》先生なら、かなり本気で狙いたいな。正統派な男前で、腕もいいのに、真紘先生と違って、患者さんにだけじゃなく、あたしたちにもすっごく優しいしね」

「あ、智佳先生も狙ったたって無駄だよ。彼女いるから」

「何で、そんなこと知ってるのよ?」

「見たの。昨日の夜、智佳先生がすっごい美人とニューマリンホテルに入っていくところ」

次の瞬間、一斉に悲鳴めいた声が上がったが、意識の逸《そ》れた真紘の耳には意味のある言葉として届かなかった。

本来の着任日は今週の月曜だったが、本人の希望で、智佳は帰省した翌日に入職した。

その日のうちから早速、胃癌《いがん》手術の執刀をし、病棟患者を受け持った智佳は毎日、帰宅が遅い。慢性的に人手不足の外科で、期待の新戦力としてこき使われているからではない。病院を出たあとに、どこかへ行っているのだ。そして、朝はやたらと早い。

真紘は母屋《おもや》ではなく、離れで寝起きをしているので、朝晩の食事の時間がずれた智佳とこの何日か、顔を合わせていなかった。

病院でもそうだ。医局やロッカールームは共通でも、出退勤や休憩の時間帯は重ならないし、外科医と内科医では行動範囲も大きく異なる。意図して探しでもしない限り、勤務中に広い院内で顔を合わせることはまずない。

だから、智佳が毎晩、どこで何をしているのか、とても気になっていたけれど、確かめる機会がなかった。

夜な夜な出歩いているのは、昔馴染みの友人にでも会っているのだろう。願望混じりにそう考えていたが、違っていたらしい。

ニューマリンホテルは、一夜限りの遊びの女を連れこむような安宿ではない。帰郷したばかりなのに、もう早速恋人を作ったのか。それとも、九州からついて来たのか。

いずれにせよ、智佳には、女がいるのだ。

そう理解した瞬間、まったく不当なことだとわかっていても、こらえきれない憤りと悔しさが次々に胸の奥で膨《ふく》らむ。

——お前のほうが先に俺を好きになって、結婚まで迫ったくせに。俺をホモにしたくせに。

お前のせいで、俺はＥＤになったのに。

真紘は屋上から五階のロッカールームまで階段を駆け下り、ラケットを握った。少しでもこの鬱憤《うっぷん》を吐き出しておかないと、午後の病棟業務に差し障《さわ》りが出る気がしたのだ。

しかし、相手をさせようと思った研修医は医局にはいなかった。

食堂だろうかとのぞきに行った途中、「あの、失礼ですが」と声をかけられた。

「あ、やっぱり。神東《じんとう》スポーツの会員の方ですよね？」

人好きのする笑顔でそう問いかけてきたのは、真紘が通うジムのプールで春先から見かけるようになった同年代の男だった。平日の昼時に、病院にいるのだ。思いがけないこの遭遇《そうぐう》を驚くよりも、外来患者かもしれない男に脊髄《せきずい》反射的な愛想笑いが浮かぶ。

「ええ。よくプールでお会いしますよね」

「はい。私は雉本《きじもと》と申します」

差し出された名刺を受け取る。シャツを品よく着崩したその長身の男は、雉本亮輔《りょうすけ》という名の語学学校の英会話講師だった。

「頂戴します。すみません、私は今、名刺を持っていなくて。宝生《ほうしょう》です」

スクラブのポケットに名刺をしまい、名乗る。すると、一瞬の間を置いて雉本が「え？」と瞬《またた》き、真紘の胸の名札を見やる。

「もしかして、こちらの病院の……？」

「息子です。跡取りではありませんが」

「そうなんですか。たまたまお声をおかけした顔見知りの方が、この病院の息子さんだったとは……。何だか、びっくりです」

雉本は穏やかな目もとに笑いを滲《にじ》ませ、「ところで、そのラケットはどうされるんですか?」と不思議そうに問う。

「仕事の合間のリフレッシュにと思って、対戦相手を物色中なんです」

「じゃあ、私が立候補してもいいですか? 子供の頃、好きだったんです、バドミントン」

「ですが、雉本さん、どこか具合がお悪いのでは?」

「あ、いえ。今日は友人の見舞いに来ただけなので。私はいたって健康体です」

泳ぐ時間が一緒になるだけで話したことはなかったけれど、雉本の体格のよさはとても目立つので知っている。「チカ」の件でぬか喜びをさせられた、といつまでもぶつぶつと文句を言う上に、運動神経が皆無の研修医より、やる気と体力のある者に相手をしてもらうほうが、ずっといい気分転換ができるに違いない。

湧いた期待が、胸の濁《にご》りを少し溶かす。真紘は「じゃあ、お願いします」と雉本にラケットを渡し、中庭へ案内する。

「宝生先生は、心療内科のお医者さんなんですね」

並んで歩きながら、雉本は真紘の名札に書かれている文字を興味深げに視線でなぞる。

「はい。あ、『先生』は結構ですよ。雉本さんは、患者さんじゃありませんし」

では、お言葉に甘えて、と雉本は笑う。

「無知でお恥ずかしいんですが、心療内科はプチ精神科、という理解で正しいんですか?」

今まで何度向けられたかわからないその誤解に、真紘は苦笑いをこぼす。

「いいえ。精神科はうつや統合失調症などの心の病気だけを診るところですが、心療内科では心の不調や環境変化が原因で、たとえば胃潰瘍《いかいよう》や喘息《ぜんそく》などの心身症と呼ばれる病気になってしまった患者さんを、心と身体の両方から治療するんです」

「なるほど。診《み》てもらえるのが心だけか、心と身体の両方か、という違いなんですね」

「ええ。でも、実際のところ、現場の色々な事情で、症状が軽ければ、精神科の病気を心療内科で診察したり、その逆もあったりするので、一般の方からすれば、ややこしいですよね。本当は、精神科医と心療内科医って、似て非なるものなんですが」

精神科は特殊な診療科だ。専門性を高めれば高めるほど、精神科医は日進月歩の身体疾患《しっかん》治療についての知識と興味から遠ざかる傾向にある。

一方、心療内科医は心の診察もするとはいえ、主目的はあくまで身体疾患治療のほうだ。そのため、心療内科医としての専門研修に入る前に内科での臨床経験を深め、身体疾患に精通しておかねばならない。

「じゃあ、心療内科のお医者さんって皆、基本的にまずは内科のお医者さんなんですね」

呑みこみの早い雉本に、真紘は「そうです」と頷く。

「私の場合は消化器疾患が専門です。なので、午前中は心療内科の外来をしていますが、午後は病棟で内科チームの一員になるんです」

そう説明をしていたとき、胸ポケットで院内ＰＨＳが鳴った。科長からで、小児科病棟への往診を頼まれた。入院患者が主治医の手に余る精神状態となった場合のメンタルケアも、心療内科医の仕事だ。すぐ行きます、と答え、真紘はＰＨＳをポケットへ戻す。

「すみません、呼び出しなので……」

「残念ですが、じゃあ、また機会があれば」

感じのいい社交辞令に真紘も笑顔で応じ、ラケットを回収して食堂前のエレベーターへ向かう。そして、閉まりかけていた扉に手をかけ、中へ身体をすべりこませた瞬間、脈が跳ねる。

エレベーター内にひとりだけいた先客が、智佳だったのだ。

思わぬ遭遇と、狭い密室の中でほんのわずかな間でもふたりきりになることに、嬉しさよりも狼狽《ろうばい》を感じた。だが、ここで降りるのもおかしい。真紘は伏し目がちに智佳の隣に立ち、小児科病棟のある八階のボタンを押す。

「また、優雅に羽根つき遊びかよ」

白衣の下にきっちりとネクタイを閉めた智佳は、動き出したエレベーターの中で真紘の持っているラケットを呆れ顔で見やった。

「こっちはやっと外来が終わったかと思ったら、虫垂炎《アッペ》の急患押しつけられてメシ食う暇もないのに、女王様はいいご身分だな」

智佳が入職して一週間が経《た》つが、白衣姿を目にするのは今日が初めてだった。

白衣の馴染む、すっと背筋の伸びた長身。医師としての自信をしっかりと纏《まと》う男が発する強烈な魅力に、ただでさえ乱れていた思考が蝕《むしば》まれる。頭の中が智佳への恋情と、存在を知ったばかりの女への嫉妬《しっと》でいっぱいになる。

智佳はどんなふうに女を愛したのだろうか。かつて確かに、自分を守ると約束してくれた──自分を守る「キシ」となるために、竹刀《しない》を握ったこの伸びやかな腕で。

ふと、今も剣道を続けているのか訊《き》きたくなった。けれども、その勇気が湧かず、代わりにひどくちぐはぐな言葉がこぼれ出た。

「……羨《うらや》ましいんなら、お前も竹刀の素振りでもすればいいだろう」

「どういう意味だよ。俺にはそんな時間はない、って話してんのに」

むっとしたふうに目を眇《すが》め、長い髪を掻き上げる。

「あんたさ。バドミントンより大事なものってないのかよ?」

「……仕事のほうが大事に決まってる」

「仕事、ねえ」

智佳の目に、真紘はよほど暇《ひま》そうに映っているのだろうか。妙に非難げな口調を残し、智佳は手術室のある階でエレベーターを降りた。

すぐに閉まった扉が、早足で遠ざかっていく白い背中をかき消す。今はもう決して自分には向けられない、どこかの女と患者を守るための、長い腕も見えなくなる。

真紘は壁にもたれて、細く息を落とす。

再会をきっかけにこの恋が成就するかもしれない、などという愚かな妄想は抱《いだ》いていないし、うっかり抱いてあとで辛い思いをしたくない。だから、下手に兄弟仲を改善するよりも、このまま冷え固めていったほうが自分のためだとわかっている。

それでも、十年以上、諦《あきら》めきれずに降り積もった想いは、指を伸ばせば触れられる距離に智佳が立つたびに勝手に大きく膨らんでゆく。

——はやくおおきくなってつよいキシになるから、ぼくとけっこんしてね。

弟への爛《ただ》れた情で塗りつぶされた脳裏にふと、あどけない声が蘇《よみがえ》る。

ありし日、確かに智佳の口で紡《つむ》がれた、しかしもう二度と聞くことはできない求愛の言葉。記憶の深淵にこびりついた、愛を乞う囁《ささや》き。かすかなひずみを帯びて耳の奥で反響するその音の連《つら》なりは、まるで真紘の心に冷え冷えとした絶望を植えつける呪いの呪文のようだった。

もう一度、あの腕が自分のものになるのなら、何だってするのに——。

何をしても叶わないと頭では理解しているはずなのに、そんな妄念を未練がましく抱いた自分を、真紘はうつむいて嗤《わら》った。

『きれいなまひろちゃん、ぼくとけっこんして』

小さな身体に燕尾服《えんびふく》を着こんだ智佳が、満面の笑顔でチューリップを差し出す。

どうしてそんな格好をしているのだろうと思いつつ花を受け取ったとたん、智佳は唐突に十五歳に成長した。今度はなぜかマントのついた騎士の衣装を纏い、なのに腰には竹刀をさしていた。とても奇妙な格好なのに、ひどく魅惑的な姿だった。

思わず見惚《みと》れた真紘に、もう幼くはない、だがまだ透き通った脆《もろ》さを孕んだ少年の美しく整った顔がまっすぐに向く。

『じゃあ、約束守ってくれるのか？』

何が「じゃあ」なのだろう、と考える間もなく、口が勝手に動く。

『生意気なこと言わなけりゃな』

『親父たちが反対しても？』

『そのときは、駆け落ちしよう』

またも、考える前に真紘は答えていた。

『だけど、学生のうちは駄目だぞ。ふたりで一人前の医者になってから、どこか遠くへ行こう。医者なら、どこででも腕ひとつで食べていけるから』

騎士の智佳は「いいな」と微笑《ほほえ》んだあと、少し芝居がかった仕種でマントを翻《ひるがえ》し、真紘の足元に跪《ひざまず》く。

『でも、それまで待つのは長すぎる。今、前払いがほしい』

『どんな?』

『キスしてくれ』

『嫌だ』

言下《げんか》に拒《こば》んだ真紘に、智佳が「どうして?」と眉を寄せる。

『まだ誰ともしたことがないから』

『理由になってない。俺と結婚するんなら、あんたの「初めて」はいつか全部、俺とするんだぞ? だったら、今したっていいだろう』

真剣な眼差しで求められ、それもそうかと納得し、瞼《まぶた》を落とした瞬間、視界に見慣れた仮眠室の天井が広がった。ぼんやりと数度瞬き、真紘は夢を見ていたのだと気づく。

あれは、不毛な恋に囚《とら》われるきっかけとなった夢だ。ところどころ意味不明な脚色がなされていたけれど、十五歳の智佳と、十七歳の自分が再び堅く結婚を誓い合う、馬鹿馬鹿しくも心地いい幻だ。ここ何年かは一度も見ていなかったが、きっと昨日、もう一度、智佳の腕を自分のものにしたい、などと思ってしまったせいだろう。

真紘は小さく頭を振って浅ましい願望の残滓《ざんし》を払い、ベッドから起き上がる。壁の時計は、ちょうど七時をさしていた。

昨日は患者の急変が重なり、病院に泊まりこんだが、今日の土曜は休日だ。宝生総合病院の内科は医師数が多い。さすがに完全週休二日制は無理だし、受け持ち患者の容体に左右されるとはいえ、独身の中堅でも比較的容易に週末の休みが得られる。

帰る前に溜まっていた書類仕事を片づけようと思い、医局へ寄ると、くるくるした癖毛《くせげ》の頭をかきながら室内を見回していた産婦人科医の宮本《みやもと》に手招きをされた。

「あ、ちょうどいいや。真紘センセ、これなんだけど」

次兄の春大の上司にあたる宮本は、指先で摘《つ》まんでいた光沢のある紫の布きれを真紘の眼前に垂らした。それは、明らかに使用後のものだとわかる男性下着だった。先ほど、職員用のシャワー室に入ろうとして、前の廊下で拾ったそうだ。

「僕の前に入ってたの、春大先生だし、もしかしなくても、春大先生のでしょ」

春大は結婚を機に独立していたが、ほぼ病院に住んでいるような毎日を送っている。

それを寂しがっていた妻の咲子《さきこ》は長兄の妻・香奈《かな》と元々友人だったこともあり、いつの間にか宝生家の家事アシスタントとして居ついていた。必然的に春大の汚れ物は今も宝生家で洗濯されているので、そのてらした紫の布地には、見覚えがあった。

「ええ……」

「春大先生、今、緊急オペ中なんだよね。こんなの、机の上に置いとくのも何だから、真紘先生、処分頼むわ」

できれば断りたいが、そうはできない身内の不始末だ。

親指と人差し指の先で下着を摘まんで受け取ると、宮本がにっと笑った。

「にしても、宝生一族のパンツはホント派手だよねー」

宝生家の家長である将吾《しょうご》は、身につけると仕事に気合いが入るという理由で、いささか奇抜なまでに派手なトランクスを好む。その変わった嗜好《しこう》が長男と次男にも受け継がれていることは、院内では有名だ。下着メーカーの営業部員が、将吾たちの「御用聞き」に病院へ頻繁《ひんぱん》に出入りしているからだ。

「真紘先生って、義理でも一番院長の息子してるし、やっぱ、院長と同じドギつい柄物トランクス派？　メタリックレインボーの縞々模様とか、股間《こかん》に星条旗とか」

「俺は普通です」

真紘はかつて、母親から買い与えられる白のブリーフ派だったが、恋人ができたときに卒業した。自分で用意するようになった下着を、恋人に「何だか意外ね」と笑われたので、多少は将吾たちの影響を受けているかもしれない。しかし、星条旗柄や、真っ赤なシルクのビキニパンツを見て、おかしいと思う世間並みの常識はちゃんとある。

「ホントにぃ？　智佳先生が、真紘先生もパンツの趣味がかなり変だって言ってたけど」

「……智佳が？」

「そう。一昨日《おととい》、智佳先生と一緒にオペしたときに、何のきっかけだったか、その日はいてるパンツの色の話題になって、その流れで」

なぜ、智佳が自分の今の下着の趣味を知っているのだろう。

少し不思議だったけれど、書類を片づけたり、腹痛を訴える同僚に診察を頼まれたりしているうちに、そんな些細《ささい》な疑問は忘れてしまった。気がつけば昼が近くなっていて、食堂で朝食を兼ねた食事を軽くとり、真紘は帰宅した。

門から続く石畳のゆるい坂道をのぼる。うるさく響きわたる蟬《せみ》の声を聞き、噎《む》せ返《かえ》る草いきれを呼吸し、樹木の落とす濃い木陰を踏みながら南の庭へ進む。

真紘は、病院から車で十分ほどの実家で、両親と長兄の一家と同居をしているが、寝起きをしている場所は南の庭の離れだ。「離れ」と言っても、ミニキッチンとユニットバスのついた二十畳あまりの洋間に、半地下の書庫まであるちょっとした一軒家だ。

母屋の自室が研究資料で溢《あふ》れかえって手狭になった八年ほど前、真紘は一度、独立しようとした。純和風邸宅の母屋は広いが、いずれは家を出なければならない三男の身で自分用の書斎を求めるのはおこがましいし、新婚の兄夫婦への遠慮もあった。

しかし、将吾が「たったひとりの実の子が手元を離れたら、母さんが寂しがる」と猛反対し、使われなくなっていた納屋を改築して、この離れを作ってくれた。

奇しくも、そこは智佳に初めてプロポーズをされた花壇の脇だった。

離れの窓の下で三日月型に広がっている花壇ではあの日、色とりどりのチューリップが春風に揺れていた。だが今は、オレンジ色のマリーゴールドが鮮やかに咲き乱れている。

日陰の多い西側の庭から南へ回ると、つば広の帽子を被《かぶ》った母親が、料理用のハーブが植えられている円形花壇の前にかがみ、ミントを摘んでいた。

真紘に気づいた母親が、「お帰り。ご飯は?」と微笑む。

「いい。病院で食べてきた」

「じゃあ、おやつに夏みかんのゼリーはどう? 今、冷やしてるところなの」

食べる、と短く答えて、離れに入る。一日留守にした部屋の中には、とろりとした熱が溜まっていた。空気を入れ換えるため、ソファの背の上に位置する正方形の外開き窓を開ける。元々が納屋なので、小さな窓がひとつしかないことがこの部屋の唯一の難点だ。

息をひとつつき、スーツを脱いでいた真紘を、母親が窓越しに呼ぶ。

「昨日、この近くに猿が出たのよ。知ってる?」

知らない、と答え、真紘はクローゼットの中から着替えを取り出す。

「まだ捕まってないから、部屋を出るときや夜寝る前、ちゃんと窓を閉めなきゃ駄目よ」

生返事をしてTシャツとジーンズに着替え、洗濯物を持って部屋を出る。

「ね。今年はすごく綺麗に咲いてると思わない?」

少し先を母親の勝手口へ向かって歩いていた母親がふと振り向き、「大事に育てた甲斐があったわ」と真夏の光を浴びて生き生きと輝くマリーゴールドを嬉しげに見やる。

「去年と同じに見えるけど？」

「もう。息子ってこういうところが張り合いがなくて、本当につまらないわ」

母親も、このところは将吾に感化されている。何やら、「早く真紘のお嫁さんと一緒にガーデニングがしたい」などと言い出しそうな雰囲気だ。真紘は、「父さんたち、いる？」と話を逸らす。

「お父さんはゴルフ、裕一は病院から呼び出し。チカちゃんは、部屋でごろごろしてるんじゃないかしら」

確かめていなかったが、智佳も今日は休みだったらしい。休日に、智佳は女と会わずに家にいる。嬉しさと、顔を合わせてもどんな会話をすればいいかわからない気まずさが胸の中で入り乱れる。

混乱を気取られないよう、真紘はうつむき加減に「ふうん」と返し、足を速める。

勝手口の扉を潜《くぐ》り、ランドリールームに入ると、外の物干し場に面した磨《す》りガラスのドアの向こうから、香奈と咲子の話し声がした。

「こんないいお天気だから外に干しちゃったけど、猿がちょっと心配よね。庭の洗濯物を荒らされたお宅もあるみたいだし」

「何か、猿よけになるものってないのかしら」

どうやら、兄嫁たちは洗濯物を干しているようだ。宝生家は裕福だが、家事は家の者の仕事で、家政婦はいない。それは、宝生総合病院の礎《いしずえ》を築いた宝生家の祖父の、使用人に傅《かしず》かれることを好まない質実さが一族全体に受け継がれているためだ。だから、宝生家の人間には、富裕層独特の高慢さがない。物心がつく前に実父を亡くし、母親に慎《つつ》ましく育てられた真紘がすぐに新しい家族に馴染めたのも、そのおかげだった。

女ふたりが軽やかにさえずる猿対策に何気なく耳を傾け、洗濯籠にワイシャツや春大の下着を放りこんでいたとき、香奈が突然、「やだ、もう!」と高い声を放った。

「びっくりした。何してるの、チカちゃん。そんな格好で」

「さっきシャワー浴びたから、風呂上がりの一服してた」

どこで、と咎《とが》めるふうに香奈が問う。

「洗濯物に臭いが移るような場所じゃない。それくらいの気は遣える」

「ならいいけど。でも、赤ちゃんのそばじゃなきゃ、そこまで遠慮《えんりょ》することないのよ? 煙草は家の中で吸えば?」

「そうよ。いきなり裸で現れたから、変質者の強盗かと思ったでしょ」

呆れ半分、笑い半分の香奈たちに、智佳は「離れた場所でも、同じ家の中で吸うのは気が引けるから」と返す。

「それに、裸って、ちゃんと下ははいてるぜ」

智佳は、ふたりの兄の結婚式にも出席しなかった。代わりに、裕一たちがそれぞれの妻をつれて何度か九州へ会いにいっているが、それでもほんの数回のはずだ。なのに、この一週間でもうすっかりうちとけ、「家族」になっている。

自分にはあんなにも冷淡なのに、と腹立たしく感じた。初対面の赤ん坊に見せる気遣いの十分の一でも自分に見せてくれればいいのに、と情けない僻《ひが》みも湧いた。

だが、真紘の頭の中は、瞬く間にまったく別の感情に支配された。

半裸になっているらしい智佳の姿を見たい。――そんな欲望が、突き上がってきたのだ。

医者の不養生になったらどうするのだ、と喫煙を注意すればいい。そのために、今、この扉を開けても、何ら不自然ではない。

自分にそう言い訳をし、ドアノブへ手を伸ばそうとした寸前だった。

「それはそうと、チカちゃん。真紘さんといつまで喧嘩してるつもり?」

ふいに香奈の言葉が耳を打ち、指先がぴくりと震えた。

「真紘さんって気が短いところがあるから、たまに口が悪くなったりするけど、でもそれはその場だけの、大して意味のないことじゃない。兄弟なんだから、わかってるんでしょ?」

今の智佳が自分をどう思っているのかなど、わざわざ聞いて確かめたくはなかった。

真紘はくるりと踵《きびす》を返す。足早にランドリールームを出ると、ちょうど台所から顔をのぞかせた母親に「ちょっと、いらっしゃい」と呼ばれた。ゼリーをくれるのかと思ったが、差し出されたのは見合い写真だった。

「これ、お父さんから。すごくよさそうなお嬢さんよ」

今まではスナップ写真だったのに、今回は厚みのある台紙つきだった。中を一瞥《いちべつ》し、いつものように「好みにはほど遠い」ということにして返そうと思ったが、考え直した。


写真を持って離れへ戻り、真紘はまず冷たいシャワーを浴びた。頭の芯を十分に冷やしてから窓辺のソファに座り、涼やかな目もとが聡明そうで、けれどもやわらかな雰囲気の勝る色白の美女の顔を眺め、思考を巡《めぐ》らせる。

恋をしてはならない弟に恋をして、成就するはずのない想いをいつまでも執念深く胸に抱いているのは、とても虚しいことだ。そして、行き場のない恋情に雁字搦《がんじがら》めになり、精神的な孤独に心を蝕《むしば》まれながら年老いていくのは、とても寂しい。

今までは、どんな見合い話も一顧《いっこ》だにせず断ってきた。叶わない恋だと理解しつつも、智佳以外の誰かを好きになれるはずなどないと思って。だが、それは勝手な決めつけだったかもしれない。

智佳に性欲を伴う好意を持っているという点だけを見るなら、真紘は同性愛者だ。しかし、智佳以外の男に恋愛感情を抱いたことはないので、真性のゲイというわけではない。美しい女を見て、魅力的だと感じる健全な気持ちもまだ残っている。

ならば、結婚し、共に苦楽を分かつ日々を重ねるうちに、すぐには無理でも、いつかは本物の愛情を育《はぐく》めるかもしれない。もし愛せなくても、過去に恋人にしてしまった過《あやま》ちを教訓にし、「智佳の代わり」ではなく、「自分の妻」として大切に想うことはできるはずだ。自分と家族になった選択を決して後悔させないよう、深く思いやることも。

考えてみれば、真紘はこの十年、追憶の中の智佳の幻に恋心を募《つの》らせてきた。しかし、昔はともかく、現在の智佳は真紘に好意を持っていない。しかも、女もいる。その現実を目の前に突きつけられた今こそが諦め時だと、真紘は自分に強く言い聞かせる。

決心を固めるためにも、父親にすぐにでもこの見合い話を受けると返事をしたいところだが、その前に解決しておくべき問題があった。——EDだ。

真紘が今までEDを気にしつつも放置していたのには、理由がある。

EDは、糖尿病や動脈硬化などの身体的な障害によって引き起こされる「器質性ED」と、そうした障害の見られない「機能性ED」とに大別される。そして、後者はさらに高血圧などの身体疾患《しっかん》、あるいは精神疾患や薬物依存などが原因となる「症状性ED」と、心理的要因による「心因性ED」に分けられる。

直接、担当になった経験はないが、心因性EDの治療は心療内科でも行うので、基礎的な知識はもちろんある。だから、真紘は、自分が心因性EDだとはっきりと認識している。

心因性EDの治療には、レビトラやシアリスなどの経口薬《けいこうやく》も用いられるが、カウンセリングを通して行われる一般心理療法が効果的とされている。つまり、受診すれば、EDになった理由を担当医に話さねばならないのだ。

心療内科医であるからこそ、問診での嘘が治療に支障をきたすのは百も承知だ。しかし、「弟に恋をしている罪悪感が原因だ」などとは、口が裂けても言えやしない。

守秘義務があろうと、医師とて人間だ。万が一、積極的に論文を発表している自分のことや、ED治療の権威《けんい》である父親のことを間接的に知っていて、なおかつ倫理観の薄い医師に当たった場合、好奇の目で見られたり、悪くすれば噂をばらまかれるかもしれない。

そう思うとぞっとして、これはまではとても、専門医にかかる勇気が湧かなかった。

結婚を決意してみたものの、今でもそれは同じだ。かと言って、自分自身に心理療法を施《ほどこ》すような器用な芸当はできない。真紘はしばらく悩み、ソファ前のテーブルの上でノートパソコンを開き、病院へ行かずにEDを克服した男たちの体験談を検索した。

ネット上の情報は玉石混淆《こんこう》だが、玉か石かの選別はできる。めぼしいページをプリントアウトして、読みふけっていたときだった。

「おい！　何、無視してんだよ、あんた」

突然、頭上で智佳の声が大きく響き、真紘は肩を跳ね上げる。仰《あお》のくと、手にトレイを持った智佳がすぐそばに立っていた。

「――か、勝手に入ってくるな！」

狼狽《うろた》えて怒鳴った真紘を、智佳が高い位置から眇《すが》め見る。そんな忌々《いまいま》しげな仕種ですら様になる美貌《びぼう》に、一瞬、見惚れそうになり、また心拍数が上がる。

「勝手に、じゃねえよ。百回は呼んだ。あんたが聞いてなかっただけだろ」

面倒臭そうに告げて、智佳は夏みかんのゼリーとアイスコーヒーの載ったトレイを「母さんから」とテーブルに置こうとした。

そこには、ＥＤ関連ばかりの記事が印刷された用紙が散らばっている。

印字内容に気づかれたくない。慌てて紙を片づけようとした手がトレイに触れ、アイスコーヒーのグラスを倒してしまった。

結婚したら必ず大切にするつもりでも、一抹の後ろめたさが拭《ぬぐ》えないせいだろう。テーブルの隅の、まだ名前も確かめていない見合い写真の台紙を真紘は咄嗟《とっさ》に持ち上げ、細い筋となって打ち寄せるコーヒーの波からかばう。

「おい。そんなものより、パソコンを……」

置いていた場所が幸いし、まだ濡れてはいないノートパソコンをソファへ移動させた智佳が、ふいに眉を寄せて言葉を呑む。テーブルの上でコーヒー色に染まった紙面で躍る、「自力で治す」や「医者いらず」などの文字に気づいたようだ。

「もしかして、ＥＤなのか、あんた」

心療内科医である真紘がEDに関する資料に目を通していても、何ら不自然ではない。しかし、研究目的の文献などではないことは、一目瞭然だ。智佳の発した問いかけは強い確信を帯びており、言《い》い繕《つくろ》っても無駄だとはっきりと感じさせるものだった。

「……だったら、何だ。俺を、嗤う気か？」

視界が揺れそうになる眩暈《めまい》を眉間《みけん》に力を入れてこらえ、自棄《やけ》気味に開き直る。

自分を嫌っている智佳は、きっと嘲笑《ちょうしょう》するだろうけれど、そうされても、取り乱したりはしないという先制のつもりだった。

だが、真紘を見返す智佳の眼差しに、嘲《あざけ》りの色はかけらも浮かんでいなかった。

「どこの世界に、病人を見て嗤う医者がいるんだ」

怖いほど真摯《しんし》な声音の迫力に気圧され、目を瞠《みは》った真紘に、智佳は布巾《ふきん》とゴミ袋のありかを尋ねた。反射的にキッチンを指さすと、智佳はそこから布巾とゴミ袋を取ってきて、真紘がこぼしたコーヒーの後始末をした。

自分の部屋で、智佳が掃除をしている光景は、とても現実味の薄いものに感じられた。頭の中はこんがらがるばかりで、真紘はソファに座ったまま、ただ呆然と固まった。

縺《もつ》れた思考は停止状態だが、その一方で嗅覚《きゅうかく》がやけに冴える。芳香だけがほのかに残るコーヒー。夏みかんの清涼さ。頭のすぐ後ろの窓の向こうから漂ってくる真夏の庭の香り。そして、シャンプーか整髪料の類《たぐい》なのか、ひどく官能的でフェロモンめいた智佳の匂い。

それらが混ざり合う不思議な空気を呼吸し、いつの間にか鳴きはじめていた蜩《ひぐらし》の声を聞くともなしに聞いているうちに、テーブルの上は綺麗に片づけられた。

「そんなもの見てるくらいだから、医者には行ってないんだろ?」

キッチンのシンクで布巾を洗いながら、智佳がふと振り向く。

智佳が帰省してから初めて聞くなめらかな響きにつられ、「行ってない」と素直な答えがするりと喉から引き出される。「やっぱりな」と智佳は小さく頷いて流れる水を止めたあと、なぜか玄関へ行き、鍵を閉めてまた真紘の前へ戻ってきた。

「じゃあ、俺が診《み》てやるよ」

どういうわけか世間では内科系と勘違いされやすいが、泌尿器科《ひにょうきか》は外科系だ。その大きな括《くく》りは同じだが、智佳は消化管や臓器の疾患を扱う腹部外科が専門なので、生殖器の疾患となると畑違いだ。なのに、智佳はやけに自信ありげだった。

「……診るって、専門外だろ」

「今はな。だけど、いずれ泌尿器科《ウロ》へ転科するつもりで、勉強してる」

智佳の表情は真面目そのもので、冗談を言っているふうではなく、驚きがさらに広がる。

「そんなこと、初めて聞いたぞ?」

「決めたのも、勉強始めたのも、最近のことだからな」

「何で、転科なんて……」

「あんたさ、どの科を専門にするか決めるとき、親父に何か言われたか？」

「いや、何も」

俺もだし、兄貴たちもそうだろうな、と静かに放ち、智佳はテーブルの縁に腰を下ろして真紘と向かい合わせになる。

「だけど、年明けに会って飲んだとき、親父、あともう少ししたら初孫をいっぺんに三人も抱けるって上機嫌で酔っ払って、ぽろっとこぼしたんだよ」

――息子が四人いたら、十人は孫が生まれるだろうから、そのうちのひとりくらいは泌尿器科医になってくれはしないだろうか、と。

「親父はいつでも俺たちの自主性を尊重して、医学部へ行けとすら言わなかったけど、俺が思うに、どうも本音じゃ、誰かにウロを選んでほしかったみたいだな」

それも初耳の話で、真紘は瞬く。

「もし、孫のどいつかがジジイ孝行な道を選んだとしても、泌尿器科医の孫ができるまでには、三十年近くかかる」

一呼吸置き、智佳は「そのときには、親父はもうくたばってるかもしれない」と続ける。

「だから、お前が今、親孝行をするのか？」

「まあ、そういうことだ。俺はオペさえできれば、何科でもいいしな」

本気の決意を宿す声を聞き重ねるうちに、頭の混乱はだんだんと凪いでいった。

「父さんには、言ったのか?」

「まだだ。申告する前にこっちへ呼ばれて、タイミングを逃した。息子だからっていうより、一応は使える外科医としてヘッドハンティングされたのに、来て早々、そのうち転科したいなんて言っても、喜ぶどころか、怒らせるだけだろ」

もっともな理由を口にし、智佳は長い脚を組む。

「そういうわけだ。あんたも黙ってろよ。俺も当然、あんたのことは他言しない」

EDと泌尿器科への転科。内容はともかく、智佳と秘密を共有するということに真紘の胸は大きく弾んだ。

わかった、と頷くと、智佳の唇がふっと淡くほころんだ。

「で、いつからなんだ? あんたのED」

「勃起《ぼっき》しにくくなったのが、六年くらい前。まったくしなくなったのが、三年前」

まだ智佳に診てもらうと決めたわけではなかったが、やわらかい眼差しにつられ、躊躇《ためら》うより先に口が動いた。

「そんなに長い間、放っておいたのか?」

智佳は眉を寄せ、咎《とが》める視線を放つ。

「……行きたくても、行けなかったんだ。器質性や症状性じゃないのは、健康診断のときの検査で明らかだったしな」

「つまり、ＥＤを招いた心理的原因に心当たりがあって、それを話したくなかったってことか？　プライドが山より高い女王様らしい理由だな」

「そういう妙なものになった覚えはない」

真紘の抗議を、智佳は色香を含んだ微笑で受け流す。

「で、原因は？　他の医者は駄目でも、俺になら言えるだろ？」

お前にはもっと言えない、とは答えられなかった。逡巡《しゅんじゅん》したが、ほかにどうしようもなく、真紘は心の中でかつての恋人に手を合わせて嘘をついた。

「最初はたぶん、忙しくて、疲れが溜まっていただけだと思うが、そのときつき合っていた相手に求められても勃《た》たないことが何度も続いて、振られたトラウマだ」

「その女は、あんたのプライドをへし折るようなことを言ったのか？」

「そういうことは、最後まで一切なかった」

何年もの間、心を支えてくれたあの恋人をこれ以上貶《おとし》めないよう、真紘は強く否定する。

「だからよけいに、次こそはと思って、その自分の気負いがプレッシャーになった」

「なるほどな。それで、その女と別れたあと、誰かと試してみたか？」

少し迷い、今度は「自慰だけだ」と真実を告げる。

「どういう方法でしてる？　使う本や映像は、毎回変えてるのか？」

「……本やＤＶＤは始末の仕方に困るし、ネットはウイルス感染が怖いから、手だけだ」

真紘の自慰の供は、いつも智佳の妄想だ。

その事実を隠し、虚偽の応答をした疚《やま》しさで、視線がわずかに泳ぐ。

「最近は、いつ試した？」

続けて嘘はつきづらい。一年前だと再び真実を返すと、智佳の片眉が上がった。

「性欲の減退を感じることは？」

「性欲はちゃんとある。……あるが、あるのに勃たない現実から目を背けたかったんだ」

「親父が、あんたはここ何年か、休みの日にはジムに行くか、走ってるかで、女の影がないって嘆いてたが、もしかして、EDのストレス発散に身体を動かしてたのか？」

「ああ、そうだ」

「病院でのバドミントンも？」

不気味なラブレターや見合い話など、ほかにも原因はあるが、EDのストレスも確かに真紘が院内でラケットを振り回している理由だ。頷いたあとには、病歴や生活習慣、過去のセックスについての質問が矢継ぎ早に飛んできた。智佳への恋心に関係があれば嘘をまぶし、なければ本当のことを答える間に、西日がだいぶんきつくなった。

「今年の健診の結果、まだ持ってるか？」

医局にあると言うと、智佳は少し思案げに双眸を細め、おもむろに口を開く。

「じゃあ、下、脱いでみろ」

「……どうして？　俺のＥＤは本当に心因性で、身体的な異常はないぞ」

「それがあんたの思いこみじゃないと確かめるためにも、診断は俺がくだす。健診の結果も病院で見るが、今はとりあえず、この場でできる診察をする」

凛《りん》とした医師の顔で告げた智佳は、言外に真紘が正確な回答をしていないと察したことを滲ませていた。しかし、さすがに何をごまかしたのかまでは見抜けなかったらしく、性器の異常を隠していると疑っているふうだ。

「――俺は間違ってないっ」

泌尿器科でも、ＥＤの診察は問診が中心だ。糖尿病などの疾患や、何らかの外傷が原因だと疑われる場合をのぞいて、外陰部の視診や触診を行うことはまずない。

だから、智佳の優しさの理由を一瞬、自分に都合よく歪めた期待を抱いてしまった。

智佳も、本当は今も自分が好きで、下心で脱衣を求めたのではないか、と。

そんな浅ましさを恥じ、目もとの色をあからさまに変えた取り乱し方が、さらに疑いを深めたようだった。

「治したいんだろう？　だったら、俺を信じろよ、真紘。専門医じゃないぶん頼りないかもしれないが、必ず全力を尽くすと約束する」

眩しいほどの誠実さが、抗《あらが》う気持ちを包みこむ。一度見せれば、すぐに解ける誤解だし、あまり頑《かたく》なに嫌がっては不審感をよけいに煽《あお》る。智佳を男として意識していることまで勘づかれては、元も子もない。

真紘は立ち上がり、ジーンズを潔く下着ごと脱いだ。Tシャツの裾《すそ》も自らめくり上げ、この歳にしては色の薄いペニスや、やや小ぶりの陰嚢《いんのう》だけでなく、下肢の淡い茂みも、あえて堂々と晒《さら》した。後ろ暗い気持ちなど何もない振りをするために。

「これでわかっただろう？　俺は包茎でも奇形でもないし、発育異常もない」

形状の正常さを誇示した真紘を見て、智佳が小さく笑った。

「……何がおかしい？」

「悪い。ちょっとした思い出し笑いだ。昔も、そうやってぶらぶら見せびらかされただろ」

智佳に性器を見せたのは、初めてプロポーズをされた際の一度きりだ。てっきり忘れていると思っていたが、覚えているのだろうか。

尋ねてみようとして、真紘は寸前で思い直す。あのとき、智佳は、少女だと勘違いしていた自分にペニスがついているのを見て、ずいぶんと驚き、そして泣き出した。もしかしたら、その驚愕《きょうがく》のみが、脳裏に深く焼きついているのかもしれない。

そもそも、覚えていたとしても、それを確かめたところで、いいことなど何もない。智佳には、深い仲の恋人がいるのだから。せいぜい、大切なあの日の記憶を、「笑える思い出話」にされてしまうのが関の山だ。

「人を露出狂みたいに言うな」

智佳に対してではなく、懲《こ》りもせずにまた愚かしい期待を抱きかけた自分に腹が立った。

声を高くして、脱いだ物をはこうとすると、智佳に「反応と、精巣の状態を確かめてからだ」と制される。

「確かめるって、素手《すで》でか？」

「ここにあるのか、滅菌《めっきん》手袋」

「いや、ない……」

「じゃあ、素手でやるしかないだろ。他人じゃないんだから、あんまり神経質になるなよ」

諭《さと》す顔つきで苦笑し、智佳はそこへ指先を伸ばす。

接触する直前、「触るぞ」と律儀《りちぎ》な断りがあった。

垂れた陰茎のつるりとした亀頭《きとう》部分が、男の左手に載せられる。そのまますっと持ち上げられた連動で、かすかに揺れふるえた陰嚢を反対の手でやわらかく包みこまれた瞬間、軽い酩酊《めいてい》感《かん》が脳裏を巡った。

息を詰めて下腹部を浅く波うたせた真紘に、「痛いのか？」と智佳が表情を険しくする。

また妙な誤解をされると面倒だ。羞恥《しゅうち》をこらえて「その逆だ」と首を振ると、智佳の眉間に刻まれていた皺《しわ》が消えた。

「指、動かすぞ」

陰嚢の表皮へ、指の圧が徐々にかかってくる。硬い指先に優しく押され、揉《も》まれるたび、柔軟に形を変える薄紅色の皮膚の下で、双果がなめらかに転がった。

智佳は、単に精巣の健康状態を調べているだけだ。そう頭では理解している。だが、EDになっても、不感症になったわけではない。今まで幾度となく知りたいと願い、夢に見た男の手の温かさを直に感じ、まるで愛撫《あいぶ》を受けている気分になる。

陰嚢をゆっくりと捏《こ》ねられ、ふたつの実が触れ合う刺激に快感が芽吹き、膨張《ぼうちょう》してゆく。

慎重でゆるやかな動きが、気持ちよくて、もどかしい。ちょうど亀頭のくびれ部分に引っかけられている指の感触が、たまらない。

「ふ……っ」

我慢できずについ息を漏らしたとき、唐突に窓の外で「真紘」と母親の声がした。

「チカちゃん知らない？　母屋にいないのよ。出かけちゃったのかしら」

みっともないほどに背を跳ね上げた真紘と目を合わせ、智佳が「大丈夫だ」と囁く。

落ち着いた眼差しに宥《なだ》められて、思い至る。高い位置にある窓の向こうからは、自分たちが何をしているかは見えない。それに、ドアには鍵もかかっている。

身体の強張《こわば》りをといた真紘を一旦《いったん》離し、智佳が「ここにいる」と応じる。

「あら。ずっと、そこにいたの。あなたたち、仲直りしたの？」

返す言葉を迷った真紘の代わりに、智佳が「ああ、した」と告げる。何の躊躇いもない響きが、胸にじわりと嬉しさをともす。

「そう、よかったわ」

母親は、窓の下の花壇の世話をしているらしい。葉や地面を濡らす水音がする。湿気と、マリーゴールドの甘い香りをほんのりと載せた風も流れてくる。

「ねえ、チカちゃん。今日は夜、出かけるの?」

「いや、いる」

「じゃあ、晩ご飯、何がいい? チカちゃんが夜いるの、久しぶりですものね。チカちゃんの好きなもの、作るわよ」

「肉がいい。美味《うま》いやつ」

お肉ね、と笑い和《なご》んだ母親の気配が、遠ざかってゆく。別の花壇へ移動したらしい。

安堵《あんど》の息をつこうとした真紘の眼下で、その異変は唐突に起こった。

窓越しの背に母親の影を感じながら、恋い焦がれる弟に生殖器を観察されているこの異常な状況のせいだろうか。あるいは、今晩、智佳が女を抱かないことか、もしくは先ほどの返事か。自分の心と身体が一体に何に悦び、興奮したのか、真紘にはわからなかったが、突然、ペニスの根元が熱を孕んで撓《しな》ったのだ。

ほのかに色味を増した性器は、硬度が十分ではないために先端は垂れたまま、ゆらめきながら膨れ、前へ突き出た。そして、直角に近い、まさにちょうど、智佳の唇の真正面の位置でぴたりと起き上がるのをやめ、芯を宿した弾みで上下にたわんだ。

自分でも見た記憶のない、淫靡《いんび》なつやめきを帯びた濃いピンク色の亀頭が、智佳の唇の前でふらふらとたゆたう。真紘の意思とは、まったく無関係に。

三年ぶりの現象に感動する余裕はなかった。滑稽《こっけい》なまでに中途半端な勃起のさまと、口づけでもねだるかのようなはしたなさが、ただただ恥ずかしかった。

咄嗟にTシャツの裾を引っ張って隠そうとした手を、やんわりと払われる。

「一応、口、手で塞《ふさ》いどけ」

低い声が、頭の中に直接沁みこんでくる。意味がよく理解できないまま、本能に促されて従ったとたん、智佳が勃起を握って扱《しご》きはじめた。

いきなり屹立を上下に擦り立てられ、目が眩《くら》んだ衝撃を、真紘は唇を噛んでこらえた。

「——っ」

智佳の手の中で、勃起がびくびくと跳ねてあからさまに膨張する。硬度を増した芯を揉みつぶす勢いで、智佳は力と速さを増し、勃起を擦《こす》りたてる。

痛みを伴う乱暴さではないが、その激しさに呼応して、ペニスの根元で陰嚢がぷるんぷるんとひどく卑猥《ひわい》に揺れ回り、腿《もも》に当たっては跳ね返る。智佳が送りこんでくる動きに合わせ、回転を大きくする陰嚢の震動が身体中へ官能の火を広げ、内腿に痙攣《けいれん》のさざ波が走る。たまらずに喉を仰け反らせた瞬間、もう片方の掌《てのひら》で陰嚢を摑まれた。

奥底でこごりはじめていた欲望ごと、強く。

「――ん、うっ」

秘裂の蠢《うごめ》きをはっきりと感じたと同時に、開いた先端から淫液が糸を引いて垂れ落ちる。甘美な痺れが脳髄《のうずい》へ駆け巡り、久しく忘れていた、精を放つ間際の切羽詰まった感覚が急速に迫り上《せ》がってくる。

潤《うる》みを纏って蠢く蜜口は、まっすぐ智佳に向いている。真紘は、必死に溶解しかかっていた理性をかき集める。唇を開けばあからさまな喘ぎを発してしまいそうだったので、離してほしいと智佳の肩を叩いて訴えた。

陰茎は真っ赤に腫《は》れ、その先端で開ききり、ぴくぴくと痙攣する秘唇からはとめどのない滴《したた》りが溢れているのだ。限界が近いことはわかるはずなのに、智佳は手の動きをとめない。むしろ、裏筋や、亀頭と茎の狭間のとりわけ敏感な場所を狙って揉みしだき、責め立てる。

「――っ、ふ……っ」

真紘の勃起も、智佳の指の間もしとどに濡れている。いっこうにやむ気配のない速い摩擦《まさつ》が、粘り気のある水音を響かせる。飛び散ったものを被《かぶ》り、和毛《にこげ》の茂みもぐっしょりと湿る。ほどなく、足元にぼたぼたと溜まりを作る蜜液に、白い濁りが混ざった。

真紘は狼狽《うろた》え、腰を左右に、前後にと激しくくねらせた。突き上げてくる射精感をどうにか散らしてやり過ごしたい一心だったが、何の効果もなかった。その律動が施《ほどこ》される手淫のそれと勝手に同調して、狂おしさが膨張しただけだった。

「──あっ、駄目、だ……っ。来る、来る……っ。やめっ、……離せ、智佳っ」

智佳の肩に爪を立て、真紘はどうにか熱に掠れた声を放つ。

「大丈夫だ、真紘。よけいなことは考えずに、快感だけを追え」

何が大丈夫なのかまるでわからなかったが、もうそれを問えるはずもなかった。ぬめる屹立《きつりつ》を根元から一気に扱き上げられた瞬間、陰嚢が収縮して官能が爆《は》ぜ、真紘は極まった。

高く、勢いよくしぶいた白濁が、智佳の頬や顎《あご》にかかった。けれども、智佳はそれを気にするふうもない。最後の一滴までをも絞り出すかのような執拗《しつよう》さで、小刻みにひくつくペニスと陰嚢を延々と押し揉み、捏ねた。

いつまでも終わらないその甘い刺激は、ただひたすらに気持ちがよかった。自慰ではもちろん、恋人とのセックスでも感じたことのない大きな喜悦を、心と身体が悦んで吸収する。真紘は恍惚状態で腰を淫猥《いんわい》に揺らめかしながら、夥《おびただ》しい量の白い蜜をびゅるびゅると漏らし続けた。

こぼすものがようやくなくなり、勃起が萎《な》えると、智佳は初診の後始末に移った。不慮の事故とはいえ、いわゆる「顔射」をされたことへの苦情も揶揄《からか》いも特になく、精液にまみれた顔を洗い、汚れた床を清める。

機敏に淡々と進められるその様子を、真紘はソファにもたれて無言で眺めた。

この三年間、何をやってもたどり着けなかった絶頂へ、智佳はいともたやすく真紘を導いてくれた。それによって得た深い快楽と驚き。そして、三年ぶりに放った精で智佳の美しい顔を汚してしまった羞恥。——そうした感情が綯《な》い交《ま》ぜになり、頭の中で吹き荒れている混乱の暴風を無視するのに必死で、黙ってふんぞり返る以外、何もできなかったのだ。

数分で秘密の行為の痕跡《こんせき》をすべて消しさると、智佳は「心因性ＥＤ」という真紘の自己診断が正しかったことを認めて、言った。

「あんたが今まで勃起できなかったのってさ、女との失敗が何度か重なって生まれた自信喪失も原因のひとつだろうけど、何のオカズもなしに手だけっていうオナニーのし方にも問題があるんじゃないのか？」

真紘は脚を組み、「どんな？」と問う。

「刺激不足。現に今、いつもと違う方法でやったら、ちゃんと勃起しただろ」

そう答え、智佳は真紘の足元で胡座《あぐら》をかく。

「これから毎日、俺の前でオナれよ、あんた。俺も手伝うから」

「……は？」

「自分以外の視線や感触があれば、興奮するだろ？　これで毎回勃起できれば、自信回復に繋《つな》がるんじゃないのか？」

咄嗟に返事ができなかった真紘に、智佳は真剣そのものの眼差しを向ける。

「あんたに必要なのは薬よりも、普段と違う刺激だと思うぜ？　とりあえず、上手《うま》くいったんだから、しばらくこの方法で試そう」

智佳に見られ、触れられれば、またきっと勃起するだろう。

だが、真紘にとって、智佳という特効薬は毒にも等しい。智佳の目の前で続けざまに勃起し、精を撒き散らすことで治ったと見なされ、この口外できない関係が終わったとたん、症状はより悪化するかもしれない。そうなったときに、恥も外聞もかなぐり捨てて名医のもとへ駆けこんでも、結婚など絶対に無理な身体になっているかもしれない。

理性の鳴らす警鐘が、耳の奥で激しく響いていた。だが、真紘の心は、もう味わい、知ってしまった、手足の先が蕩《とろ》けるかのような甘美な毒の誘惑に勝てなかった。

「……ちゃんと治せよ」

「絶対治す、なんて無責任なことは言えないが、全力を尽くす」

誠実な笑顔で頷いたあと、智佳はふと視線を泳がし、何かの弾みをつけるように小さく咳払いをした。

「それから、悪かった」

「え？」

「あんたに色々、生意気な口をきいたこと」

智佳は、ゆっくりと真紘へ視線を戻す。

「俺、これでも結構、あんたに会うの楽しみにしてたんだぜ？　だけど、病院で裕一に俺の案内を頼まれたときのあんたの顔、バドミントンができなくなって迷惑丸出しな感じだっただろ。それで、十年ぶりに会う俺よりバドミントンかよ、ってむっとしてさ」

苦笑いを浮かべ、智佳は肩を竦《すく》める。

「両想いじゃなかったからって、子供っぽい態度取って、悪かった」

照れ隠しのような冗談めいた口調でもう一度詫び、智佳は真紘の前へ右手を伸ばす。

「母さんにもああ言ったことだしさ。それに、俺たちは今から主治医と患者なわけなんだから、改めてちゃんと終戦条約締結しようぜ」

俺も大人げなかった。そう謝るべきだとわかっていたのに、できなかった。自分よりもバドミントンを優先したと誤解し、むくれて棘《とげ》を出していたらしい智佳の告白は、嬉しかった。だが、それ以上に、そこに何の他意もないことをはっきりと知らせる清涼な眼差しが、悲しかったのだ。

「……べつに、俺はお前と戦ってたつもりなんてない」

差し出された手を無視もできず、少し眉をしかめて握り返したその日から、秘密の治療が始まった。性機能の回復作用のある亜鉛やアルギニンを含む食材を使った料理を三食にバランスよく取り入れるよう指導されながら、真紘は毎日一度、智佳の前で自慰をした。

智佳は真紘の行為を観察し、必要に応じて刺激を加えた。そして、真紘の勃起と陰嚢の状態を撮影してサイズを測り、硬度や持続時間の変化のデータを細かく記録した。

本来なら秘しておくべき場所に智佳の視線や指を感じ、勃起にメジャーを巻きつけられ、タブレットパソコンのカメラレンズを向けられるたび、真紘は淫靡な興奮を覚えた。けれども、交わす言葉がふえるごとに、否応《いやおう》なしに思い知ってしまう。智佳と自分が互いに抱く想いには、大きなずれがあることを。智佳にされているのは、あくまで医療行為だと。

自慰の観察も触診も、泌尿器科の通常のED治療では行わないので、うっかり勘違いをしそうになる。だが、ED治療をしていることを知られないよう、病院の機材を使わず、薬の処方もしないという限られた条件の中で、有効性が認められた方法を継続するのは何ら不自然なことではない。どんなに性行為めいていても、決してそうではないのだ。

だんだんと真紘は、思いがけず手に入れた智佳とのこの親密さの受け止め方に、戸惑いを覚えはじめた。

恋する男に冷たくされるのは嫌だ。もう二度と、あんなふうに傷つきたくない。だが、自分のものにはならないとわかっている男に、優しく笑いかけられるのも同様に辛い。嬉しさと苦しさが隣り合わせだ。

悲しいのに、甘い心地よさの伴うこの関係は、いつか終わる。そのときに、自分は冷静でいられるだろうか。妻となる女を愛せるような——愛する努力ができるような心の余裕が、残っているだろうか。

そうした迷いは勃起機能を直撃し、真紘のペニスはまた徐々に力を失っていった。

白いTシャツの上にピンク色のスクラブを重ね、真紘《まひろ》はあくびをかみ殺してシャワー室を出る。廊下に満ちる澄んだ朝陽が網膜に刺さって眩しく、俯き加減に総合医局へ急ぐ。

容体の気になる患者がおり、そのまま病院に泊まった昨夜は、仮眠室のベッドにも、医局のソファにも空きがなく、デスクにうつ伏せになって寝るはめになった。そのせいで、全身の節々が重く軋《きし》んでいる。首筋を揉みながら入った早朝の医局は、閑散としていた。

約束の七時まであと五分ほどだが、智佳《ともよし》の姿はまだなかった。小さく息をついた真紘に、入り口脇のソファでコーヒーを飲んでいた四十前後の皮膚科医が声をかけてくる。

「ねえ、ねえ。真紘先生さ、もうすぐ聖凜《せいりん》女学館出身のお嬢様と結婚するんだって?」

副院長の甥《おい》でもあるその皮膚科医は、当直明けらしい腫《は》れぼったい目を細めてにやつく。

「こんなに急に結婚決めたってことは、よっぽど理想的な才色兼備だったの～?」

三年ぶりに勃起《ぼっき》と射精ができた十日前の夜、真紘は将吾《しょうご》に、今度の見合い写真の相手への返事は待ってほしいと伝えた。もっとも、EDが完治しないことには結婚は無理なので、「少し考えたい」と口にしただけだ。

それなのに、将吾は真紘が初めて見せた前向きな態度がよほど嬉しかったらしく、あちこちでその喜びを吹聴《ふいちょう》している。おかげで、院内には早速また、もうすぐ挙式だの、できちゃった婚だのと、尾ひれ背びれのついた新たな噂《うわさ》が広まっていた。

迷惑なデマだが、年上の皮膚科医はどんな言葉を返しても茶化してきそうな雰囲気で、相手をするのが面倒だった。写真の女が才色兼備なのは事実なので「ええ」とだけ答えたとき、白衣を纏《まと》った智佳が現れた。

今日は手術の予定がない日なので、白衣の下にネクタイを締めている智佳は真紘と目が合うと、手に提げていた紙袋を軽く上げ、「メシ」と淡く笑んだ。

理知とつややかしさとを併《あわ》せ持つ惚れ惚れする男ぶりだ。真紘は胸の高鳴りを押し殺して無表情で浅く頷き、ふたりで四階にある心療内科へ向かう。外来受付の準備が始まるまで、まだ一時間ほどある。心療内科へ続く四階の廊下には人気がなく、ふたりの足音が響く。

待合室に設置された、様々な色の熱帯魚が流線型のひれを優美にひらめかす大型水槽の前を通り、真紘は自分の診察室の鍵を開けた。智佳と中へ入り、また施錠する。

心療内科は、待合室も診察室も独特だ。患者へのとりわけ濃《こま》やかな配慮が必要であるため、所属医師に割り当てられた診察室はそれぞれ防音処置がなされた完全個室になっている。ナースも医師が呼ばない限り決して姿を現さないし、受診時の緊張感を和らげる目的で、観葉植物や金魚鉢、色々なオブジェなどが置かれている。

一日一回の性器の検査が家でできない日には真紘の診察室でしようと話し合って決め、初めてここへ足を踏み入れたとき、智佳は「喫茶店みたいだな」と物珍しげに室内を観察していた。だが、さすがに三度目になるともう慣れたのだろう。特に断りも入れずに真紘の診察机の椅子に座り、紙袋からハイブリッド・タブレットと弁当箱をふたつ取り出す。

食事の管理をしたいから、と言われ、真紘は可能な限り、智佳と三食をともにしている。いつもそのうちの一食は、智佳が母親をおだててあれこれ細かい注文をつけて作ってもらっている「亜鉛たっぷり弁当」だ。

真紘は患者用のひとりがけソファに座り、受け取った弁当箱を開ける。牡蠣《かき》とほうれん草のバター焼きをメインにバランスのとれた、色合いの美しい食材が詰められていた。

いただきます、と小さく呟いてそら豆の卵とじを口に運んだ真紘を、智佳が自分のぶんの弁当の包みをときながら、「なあ」と見る。

「さっきから気になってたんだが、何で今日はそんなふわふわした色なんだ?」

真紘は院内では白衣は着ず、大抵、黒か濃紺のスクラブ姿だ。しかし、今日はピンクのスクラブに、やわらかいライム色のパンツを合わせている。一見、医者らしくないその格好を、智佳が不思議そうな視線でなぞる。

「朝イチの外来患者が、小学生の女の子だから。デリケートな年頃の患者と会うときは、威圧感を与える色は避ける」

　へえ、と智佳は野菜の煮物を食べる。

「スーツで出勤してるくせに、いつもスクラブなのって、午後に内視鏡やってるからかと思ってたけど、患者への配慮の格好なのか？」

「半分はな。だけど、もう半分は自分のためだ」

　半袖にVネックのスクラブは清潔さと色の豊富さが好まれてか、今では看護や介護現場、さらにはエステサロンなどにも広まっているが、元々は外科医の手術着だ。

　内科医でも内視鏡室などの万全の衛生管理が求められる場所ではスクラブを着るものの、四六時中着用し、白衣を羽織りもしない者はあまりいない。しかし、心療内科には、白衣を見るとストレスを感じて上手く話せなくなってしまう患者が少なからず訪れる。そうした心の繊細《せんさい》な患者の緊張をほぐすために、真紘はあえてスクラブを仕事着にしているが、それが理由のすべてではない。

「ネクタイをしないのは精神科医と同じで、興奮した患者に首を絞められないためだ。それから、白衣を着ないのは白衣フェチ除《よ》けだ。どうしてか、俺はどこの病院でも、その手のちょっとおかしい患者をよく引くんだよ」

「……心療内科は色々独特な気苦労が多くて、大変そうだな」

「大変なのは、どこの科も同じだろ。心内《うち》だけが、特別大変なわけじゃない」

「労《ねぎら》ってやってるんだから、素直に『うん』って喜べよ」

他科の医者からは「患者の愚痴《ぐち》に相槌《あいづち》を打っていればいいだけの、楽な九時五時科」と勘違いされることも多く、こんなふうに理解のある言葉をもらったのは初めてだ。智佳の心遣いが、嬉しくないはずがない。

けれども、喜ばないのも、真紘にとっての自衛だ。ぬか喜びを重ねてこれ以上うっかり恋心を大きくしても、その先で真紘を待っているのは後悔と苦しみだけなのだから。

「二年も後輩のくせに、お前が俺を労うなんて、十年早い」

「おっかない女王様は、簡単にはなびいてくれないな」

苦笑した智佳の双眸に、ふと揶揄《からか》いの色が浮かぶ。

「それにしても、あんた、意外とピンクがしっくりきてるな」

「嫌いな色じゃないし、私服でもたまに着てるから」

「そうなのか？　昔はそういう女っぽい色は、絶対着なかったのに」

「そりゃ、十年も経《た》てば、好みのひとつやふたつ、変わって当然だろ」

そんな他愛もない話をしながら食事を終えたあと、智佳がノート型へ変形させたパソコンを起動させ、診察が始まった。

「今朝は朝勃《だ》ちしてたか？」

「いや。昨夜はほとんど寝られなかったし、仮眠取ったのも医局のデスクでだったから」

なめらかにキーボードを叩いて真紘の答えを打ちこんでから、智佳は真紘に勃起を促す。

真紘はソファに座ったまま下衣をずらし、取り出した性器を扱《しご》く。それはほどなく芯を持ったものの、あまり硬くはならなかった。

「……これ以上は無理みたいだ」

告げると、智佳が椅子から立ち上がって真紘の横へ移動してくる。

真紘の下肢で、ゆるやかな弧を描いて頭を垂れている不完全な勃起を、智佳はかすかに首を傾けてじっと見つめる。

「ここんとこ、完勃ちまでいかないな。睡眠不足が原因か、それとも刺激慣れのせいか……」

独《ひと》りごちるように呟き、智佳は「触るぞ」と断りを入れて幹に指を絡めた。

硬度を確かめるように、指の腹で圧をかける。そしてふいに、亀頭《きとう》の丸みを掌で包みこんで何度か押しつぶしたかと思うと、今度はいきなり陰茎の根元へ手を滑りこませ、摑んだ陰嚢《いんのう》をぶるぶると揺さぶった。

気持ちはよかった。けれども、智佳のその行動の底にあるのは、医師としての使命感だ。そうわかりきっているせいか、真紘の性器に変化は現れなかった。

「……やめろ、智佳。妙な触り方をするな」

「俺がいじったら、もっと勃つかと思って」

「お前に触られて、そう毎回毎回、勃起するわけないだろう。慣れるとむしろ、萎える」

真紘は眉《まゆ》を寄せ、陰嚢のつけ根をくすぐる手を払いのける。

「早くしまいたいから、さっさとデータをとれ」

努めて冷淡にした命令口調を放って真紘は立ち上がり、データ採取がしやすいようにスクラブの裾を捲《まく》り上《あ》げる。

「はいはい、真紘様」

軽口を返した智佳は、引き寄せたパソコンでいつものように真紘の勃起状態を撮影し、白衣のポケットから直径と長さを測定するためのメジャーを取り出す。

前回までは母親にもらったというファンシーな猫のイラストがついた手芸用を使っていたのに、今、智佳の手の中にあるのは初めて見るものだった。

「おい、何でメジャーが違うんだ。まさか、いつものやつを忘れてきて、医局にあった適当なものを持ってきたんじゃないだろうな」

「いや、買ったんだよ。あんた専用のペニスメジャーにしようと思って」

「……俺専用?」

「ああ。あんた、使い古しの手芸用じゃ、自分のペニスがモノ扱いされてる気がするって、いつもぶつぶつ文句言うだろ」

智佳は小気味いい音を立ててテープを引き出し、「ちなみに」と笑う。

「抗菌で、肌触りのいい布テープのものを、ちゃんと選んだからな」

智佳は診察に際し、インターネットに接続していない、真紘のカルテだけが入ったハイブリッド・タブレットを使用している。内容が内容だけに、データの流出を神経質に心配した真紘のために用意してくれた専用パソコンだが、「専用」とは言っても、それは元々は新機種に目がない智佳が死蔵していた複数の旧型のひとつだった。

けれども、このメジャーは、わざわざ買ってくれたものだ。

真紘のために——真紘のペニスを測るためだけに。

いつか治療が終わっても、ほかに使い道などないだろうから、正真正銘《しょうしんしょうめい》、このペニスメジャーは「真紘専用」だ。

しかも、自分のために買ってくれたということは、間接的に贈りものを受けたに等しい。

プロポーズをされたときにもらったチューリップ以来の贈りものを、うっとりと目を細めて見やると同時に、ゆるい角度で頭を持ち上げていた陰茎にテープが巻きついた。

智佳の手つきは乱暴さからはほど遠いものだったのに、皮膚に触れた布テープのふわりとした感触が鋭く甘い痺《しび》れを生んだ。

その刹那《せつな》、根元から卑猥《ひわい》にくねったペニスがテープを振りほどく勢いで硬く充血し、腹部につくほどに反り返った。

「——真紘」

かすかに眉を上げた智佳が、真剣な声音を発する。

「今のは何がよかったんだ？　テープの肌触りか？　巻き方か？」

本心を明かせるはずもない。真紘は目を逸らし、「肌触り」とぼそりと嘘をこぼした。


自分専用のペニスメジャーを買ってもらったことが嬉しくて、勃起してしまった。ひとりになってよくよく考えてみれば、まるで変質者のような反応だ。それに、診察に必要だから買わざるを得なかったものを、「自分への贈りもの」だと思う思考回路も相当におかしい。もしかしたら、危うい場所を智佳に見られ、そこで智佳の体温を感じるうちに、恋心が歪み、異常性が芽生えてしまったのかもしれない。

そんな動揺は外来診察が始まっても治まらず、酷くなる一方だった。

本人たちにとっては深刻なことなのだから普段ならそんなふうには感じないのに、患者の発する言葉が煩《わずら》わしくてならなかった。学芸会で主役を射止められなかったショックも、年下の女の上司に命令される苦痛も、大黒柱なのに家庭内で飼い猫より地位が低い哀しさも、自分の抱《かか》える悩みに比べたら、あまりに下らない泣き言だ。そんな馬鹿馬鹿しい愚痴を聞かされている自分のほうが、ずっと苦しいのに、とどうしようもなく心が乱れた。

ともすれば強張《こわば》り、消えてしまいそうになる笑顔をどうにか保ち、診察室へ迎え入れた最後の患者は持田善太郎《もちだぜんたろう》だった。

いくら注意しても患者に妙な綽名《あだな》をつける癖《くせ》が抜けない研修医が、症例検討会で勝手に「パンツ先生」と命名し、何度も連呼するせいでいつしか真紘の中でもその呼び名が定着してしまった持田は名門女子校の新米教師だ。真紘が宝生《ほうしょう》総合病院に入職して間もなく、他院の紹介状を携《たずさ》えて訪れた患者で、主訴は過敏性腸症候群《IBS》。検査では何の異常もでないのに、薬を服用しても朝、何度もトイレへ行ってしまうという。

しかし、今日の持田は診察室の椅子に座るなり、不安げに「尿が変なんです」と訴《うった》えた。

「一昨日《おととい》の朝、気づいたんですが、もこもこ泡立ってて……」

真紘は、泡はすぐに消えたか、排尿痛はあったか、白い濁《にご》りはあったかを尋ねた。

持田はすべてに「いいえ」と首を振る。

「では、最近、激しい運動をして疲れていたり、睡眠不足が続いたりは？」

「あ、それはあります。ここ一週間ほどは睡眠不足で、疲れてます」

「泡がなかなか消えない場合、糖尿や感染尿、蛋白尿《たんぱくにょう》などが疑われますが、持田さんは糖尿病ではありませんし、排尿痛がなければ尿路感染症ということもないでしょう。疲労や睡眠不足によって、一時的に蛋白尿が出たのかもしれませんね。そうであれば問題はないのですが、念のためにこのあと、腎臓内科へ行かれてはどうですか？」

「先生には、診《み》てもらえないんですか？」

「蛋白尿かどうかの検査だけなら、可能です。ですが、万が一、何か異常が見つかった場合は、腎臓内科や泌尿器科へ行っていただくことになり、持田さんのお手間になりますから。それに、症状を気にして、新たなストレスになるといけませんしね。最初から専門医にかかったほうが、早く安心できますよ」

真紘の向けた笑顔に、持田が「じゃあ、そうします」と応じる。

「あ。そういえば、前にテレビで見たんですが、病院では泌尿器科のことを『ウロ』って言うんですよね。あれ、どうしてですか？」

「ドイツ語の泌尿器科を意味するUrologie《ウロロギー》の略語です。日本は戦前、ドイツから医学を学んだので、ドイツ語起源の業界用語が色々あるんです」

そう説明したあと、真紘は意識的に目もとをやわらかくする。

「それで、持田さん。お腹の調子のほうは、普段と変わりはなかったんですか？」

ええ、あまり、と持田は苦笑気味に頷く。

ＩＢＳはストレスが発症の引き金となる場合が多い。初診から数回にわたり詳しい問診をした結果、持田は一年前の見合い結婚後、特殊な性癖《せいへき》に目覚め、思い悩んでいたことがわかった。美しい妻のパンツを、こっそり被《かぶ》らずにはいられなくなっていたのだ。

その欲望の対象は、妻のみだという。これまでの診察を通して、妻以外の女性はもちろん、生徒たちはまったく眼中に入っていないという持田の主張は、信じるに値《あたい》するものだと真紘は感じている。そして、持田から聞いた夫婦関係や、妻の為人《ひととなり》から判断する限り、この性癖が妻に知られてもあまり深刻な問題になりそうにはなく、持田自身、それを恐れているふうでもない。よくよく話を聞いてみると、ストレス源はべつのところにあった。

教え子たちへの愛情と、教師としての責任感が深すぎるあまりの、「こんな自分が教壇に立っては、生徒たちに申し訳ない」という罪悪感だ。つまり、持田のIBSの原因は、性嗜好《しこう》異常そのものに対する悩みというより、生徒への不要な「申し訳ない」という思いだと真紘は考えている。持田がこれまで「IBSを治したい」と言いつつも、性癖自体をどうにかしたいとは一度も口にしていないことからも、その見立ては間違っていないはずだ。

しかし、生真面目《きまじめ》な性格ゆえに後ろめたさを抱えている持田に、「生徒の誰に迷惑がかかるわけでもないのだから、気に病む必要はない」などと告げたところで効果はないだろう。むしろ、訴えている悩みを否定すれば、信頼関係が崩れるおそれがある。

まずは、持田が真紘の提案を納得して、受け入れられる状態を作ることが重要だ。そう判断し、処方する薬の組み合わせを色々と試しつつ様子を見てきたが、症状は悪化しない代わりに改善もしない。そろそろ、治療方針を変更すべきかもしれない。

いくつか考えていたプランを話そうとしていたときだった。

「見るとついつい、どうしても被っちゃうんですよね、パンツ……。これでも僕は教師なんだから、いい加減にしなきゃ、やめなきゃ、って思うんですけど……」

初めて発せられた性癖治療を望むようなその言葉に、真紘は瞬《またた》く。

性嗜好異常の治療は精神科医の領分なので、真紘も今まではあえて確認を避けていた。しかし、持田の気が変わったのであれば、担当医の変更も視野に入れねばならない。

「持田さん。『やめなきゃ』ということは、この性癖の治療をご希望ですか？」

「……やっぱり、僕みたいな変態が教師をしているのは、問題ですよね」

おそらく故意ではないだろうが、持田はまるで答えになっていない答えを返す。

「門外漢の私にその判断は下せませんが、たとえそうだとしても、辞めるわけにはいかないでしょう？　ご家庭をお持ちなんですし」

「ええ、まあ。確かに……。でも、僕のクラスの生徒たち、本当にいい子たちなんです。先週の僕の誕生日には、動画のプレゼントを贈ってくれて。夏休みだったのに皆で集まって、僕の好きな歌謡曲を歌ってくれたんです。その動画、毎日、妻と見てるんですけど、あの子たちの清らかな天使みたいな笑顔を目にすると、自分がとてつもなく汚《けが》れた、教師でいる資格のない人間のように思えて……」

持田は毎回、自分の話したいことを滔々《とうとう》と話す。いつもなら気にせず、時間の許す限り根気よくつき合うが、今日は苛立ちを抑えきれなかった。

——ストレスになるものをわざわざ見るな！　お前はドMの大馬鹿か！

そう怒鳴りつけたいのを堪えるのが精一杯で、頬に貼りつけていた笑みがそげ落ちる。

「……では、持田さんは生徒のために、奥さんのパンツを被る癖を治されたいんですか？」

口元を引《ひ》き攣《つ》らせて尋ねると、持田は金魚鉢を眺めながら「今まで、誰かのパンツを被りたい、なんて、一度も思ったことはなかったんですけど」とため息をつく。

「さっき言った、睡眠不足で疲れてる原因、あれ、妻と一日中励んでるからなんです。教師は夏休みでも何だかんだ学校に行かなきゃならないんですけど、それでも休みの日は普段よりもあるので、昼夜関係なく、妻と愛し合ってて。でも、何度、どんなに疲れるまでやっても、妻のパンツを見ると手が勝手に伸びて、頭へ運んじゃうんです」

持田はまた息を大きく落とし、自己陶酔気味の上目遣いで真紘を見る。

「先生、僕、辛くて……。妻を愛してるだけなのに、どうして、こんな救いようのない変態になっちゃったんでしょうか?」

もう限界だった。頭の奥で、ふつりと何かが切れる音がした。

たかが、妻のパンツをこっそり被っているだけで、何が「救いようのない変態」だ。それは、弟に専用のペニスメジャーを買ってもらったことに興奮し、勃起のサイズを測られて悦《よろこ》んでいる自分にこそ相応《ふさわ》しい呼び名だ。

愛する異性と想いを通じ合わせて、世間に祝福される結婚をし、好きなときに思う存分セックスができるくせに、何が「辛い」だ。辛いのは、弟にしてはならない恋をして、諦《あきら》めたくても心も身体も言うことを聞いてくれない自分だ。恋い焦《こ》がれる男と同じ家で暮らし、同じ職場で働き、ＥＤ治療まで受けて、毎日生殺しの目に遭《あ》っている自分だ。砂の中で呼吸をしているようなこの苦しみを、ひとりで抱えなければならない自分だ。一度だけの思い出として智佳と身体を繋《つな》ぎたいと望んでも、決して叶わない自分だ。

「持田さんは少し変わっているだけで、変態ではないと思いますが」

冷たく研《と》いだ声を放った真紘に、持田がきょとんと目を丸くする。

「失礼ながら、持田さんはまだお若く、教師としての経験が浅いために、生徒の表面の、それもごく一部分しか見られていないように思えます。ご自分の高校生時代を、思い出してみてください。あなたや、あなたの周りの生徒たちは『天使』でしたか？　そんなわけはなかったでしょう？　子供の世界は、美しいものだけでできてはいなかったはずです」

「あの、でも、僕のクラスの子は、」

「『いい子』は確かにいるでしょう」

反論を許さず、真紘は強い口調で続ける。

「ですが、彼女たちは『清らかな天使』などではありません。あなたと同じ、大なり小なり汚れた部分を持っているただの人間です。あなたの知らないところで、『天使』とはほど遠いことをたくさんしているはずですよ」

怒りに任せて声を尖らせる真紘の前で、持田は面食らったように速い瞬《まばた》きを繰り返す。

「持田さんが生徒を性的対象として見たり、パンツを被って出勤したりすれば大問題です。ですが、家でこっそり奥さんのパンツを被ったところで何の問題もありませんし、生徒の誰も傷つきません。不必要な罪悪感は捨て、堂々と教壇にお立ちになればいいんです！」

受け持ち患者の回診をすませた夕方、内科病棟のスタッフステーションで診断書を書いていた真紘はふいに思い立ち、持田の電子カルテをチェックした。

持田はひどく悄然《しょうぜん》としつつも、いつも通り二週間後の予約を入れて帰った。だが、会計窓口で、あるいはこの数時間で考えを改めたかもしれない。そう心配したけれど、予約はキャンセルされてはいなかった。

胸を撫で下ろした直後、安堵《あんど》は苦い後悔に変わる。心の澱《おり》を吐き出した瞬間はすっきりしたが、持田の青ざめた表情を目にしたとたん、罪悪感に襲われたときと同じように。

あんなことは言うべきではなかった。患者の前で冷静さを保てなかったばかりか、自分の鬱《うっ》憤《ぷん》のはけ口にするなど、医者としてあるまじき行為だ。

自責の念に駆られながら、真紘はカルテの画面を閉じる。持田に対する罪滅《つみほろ》ぼしになるわけでもないのに、その夜は遅くまで病棟に残り、帰宅したのは十時過ぎだった。

離れの玄関に鞄《かばん》を置き、真紘はスーツの上着だけを脱いで母屋《おもや》へ行った。ダイニングで智佳が母親と咲子《さきこ》を相手に晩酌《ばんしゃく》をしていた。他の家族の所在を尋ねると、将吾は風呂に入っており、長兄夫婦は部屋で赤ん坊たちの世話をしているらしい。

「ご飯食べるわよね?」

頷く前に、母親は早足で台所へ向かう。

真紘は智佳の隣の席へ腰を下ろす。智佳が「お疲れ。あんたも飲む?」と笑い、水滴の浮いたビール瓶を弾《はじ》く。

「ああ、少し……」

テーブルの上に新しいグラスがなかったからだろう。智佳は自分のグラスを一気に呷《あお》り、空《から》になったそこへビールを注いで真紘の前に置いた。

間接キスができる。患者を傷つけてしまったこんなときにさえ、反射的にそう思い、浅ましく悦んだ自分に呆れ、真紘は息をつく。

「あんた、大丈夫か? 顔色、悪いぞ」

「そうか?」

「ああ。昨日もほとんど寝てないんだから、今晩はメシ食ったら、さっさと寝ろよ」

「男兄弟の絆《きずな》って謎ねえ」

向かいの席で、苦手な酒の代わりに麦茶を飲んでいた咲子がしみじみと言った。

「ツンケン角《つの》突き合わせてたかと思ったら、ある日突然、ベタベタしはじめるんだから」

色白の小さな顔がふわりとほころんだとき、母親が食事を載せたトレイを運んできた。

配膳をしてくれた母親に礼を言おうとしたところへ、香奈《かな》が栗色の髪を揺らし、少し慌てた様子で入ってくる。

「ねえ。お義母《かあ》さん、咲子。裕一《ゆういち》さんのパンツ、知らない？」

母親と咲子が声を揃《そろ》えて「どんなパンツ？」と問う。

「ピンクの。ほら、今年の結婚記念日に作った、お揃いの。今、洗濯物畳《たた》んでて気がついたんだけど、ないの。今朝《けさ》、干したはずなのに」

「取りこむときに、落としたんじゃないの？」

尋ねた母親に、香奈は首を振る。

「そう思って、物干し場、見てきたんですけど……」

「あ！　もしかしたら、猿かも」

咲子が、閃《ひらめ》いたように声を高くする。

「でも、一枚だけなんでしょ、なくなったのは。パンツ一枚だけ、なんて盗《と》り方、猿がするかしら？」

母親が不思議そうに頬に手を当てると、咲子が「近藤《こんどう》さんのお宅で先週、猿が靴下を一足だけ盗ったたって聞きましたよ」と返す。

「じゃあ、猿なのかしら。だけど、靴下やパンツなんか盗って、どうするのかしらねえ」

「知能の高い動物だしな。見よう見まねで、はいて、使ってんじゃねえの？」

智佳がテーブルに肘《ひじ》をつき、笑うと同時に、香奈の形よく整えられた眉がきゅっと寄る。

「もう。冗談でもやめてよね、チカちゃん。あのパンツ、本当に気に入ってたんだから」

「お気に入りったって、べつに義姉《ねえ》さんのじゃないんだから、一枚や二枚、なくなったところで、どうってことはないだろ」

「あるわよ。夫のパンツの行方不明は、妻にとっては一大事なのよ」

きっぱりと断言した香奈に、母親と咲子も同意する。三人はそのまま、猿対策の会議を始めたが、議題はなぜかすぐに「代わりのお揃いパンツをいつ作るか」に移った。

誰かの口から「パンツ」、「パンツ」と飛び出すたび、脳裏に持田の顔がちらつき、すっかり食欲が失《う》せた。真紘は食事を半分ほど残し、母親に詫《わ》びて離れへ戻った。

シャワーを浴び、ベッドに腰を掛けて髪を乾かしていると、何か物音が聞こえた気がした。ドライヤーを止め、澄ませた耳に、扉を叩く音と智佳の声が届く。開いてる、と返事をし、真紘はドライヤーのスイッチを入れる。

部屋の中へ入ってきた智佳はベッドの前に胡座《あぐら》をかいて座り、真紘が髪を乾かし終わるまで黙って待っていた。

「メシが食えなくなるようなことが、あったのか?」

「……べつに。疲れただけだ」

「嘘つけ。日頃の目の吊り上がった女王様面《づら》が、しょげ返った顔になってるぞ」

「元々、こんな顔だ。用がそれだけなら、帰れ。もう俺は寝る」

真紘はドライヤーを片づけ、ベッドの上で横になる。

「帰れよ、智佳。電気、消すぞ」

照明のリモコンを握って促したが、智佳は立ち上がろうとしない。

「あんたが本当のこと言うまで、帰らない」

「……早く寝ろって言ったの、お前だろ」

「ああ。だから、さっさと白状しろよ。俺には、あんたの体調とメンタルも、ちゃんと把握《はあく》しておく義務がある」

智佳の優しさは嬉しいけれど、辛い。ぐずる子供をあやすかのように、やわらかく浮かべられた微笑が胸に沁《し》みて、痛かった。真紘はため息を漏らし、リモコンで電気を消す。

見惚《みと》れたくなる男の美貌《びぼう》が、闇の中に沈む。

「……患者にキレて、自己嫌悪中なんだよ」

「クソミソに怒鳴りでもしたのか?」

「そこまではしてない。だけど、言うべきじゃないことを言って、傷つけた……」

小さく息を吸い、「俺は医者として、一番最悪なことをした」と真紘はぽつりとこぼす。

闇の中で、「真紘」と智佳の影が動く。その直後、頭に智佳の掌《てのひら》を感じた。

「もうやったことを悔やんでも、仕方ないと思うぜ。いくら後悔したところで、なかったことにはできないんだしな」

ゆっくりと動く指と、穏やかに紡《つむ》がれる声音に恍惚感《こうこつかん》を誘われ、真紘は睫毛《まつげ》を震わせる。

「ただの人間なんだから、医者だって間違いを犯す。間違いを犯した医者がやらなきゃならないことは、うじうじ自己嫌悪に陥《おちい》ることじゃない。同じ失敗を二度と繰り返さないことだろ」

触れ合っている場所から全身へ、温かな熱がじわじわと広がってゆく。弱って萎《しお》れかけていた心を智佳の腕に抱きとめられた気がして、胸にふわりと喜びが灯《とも》る。

「……弟のくせに、生意気だぞ」

ざわめく動悸を宥《なだ》めようと、真紘は口調をわざとぶっきらぼうにする。

心の奥でひそやかに、智佳の励ましに感謝して。そして、もし持田が通院をやめず、次の診察日に訪れてくれたなら、二度と同じ過ちは犯さない、と強く決意して。

「少しぐらいは偉そうにしてもいいだろ。弟だけど、あんたの主治医なんだから」

やわらかく告げ、真紘の頭を軽く撫でてから、智佳は手を離す。だが、立ち上がりはせず、ベッドの縁に背を預ける格好で座りこむ。

「……何してるんだ」

「珍しくへこんでる女王様のために、寝つくまでここにいてやろうと思って」

「その呼び方、やめろ。大体、何で男の俺が『女王様』なんだ」

「外科《うち》のナースいわく、男のくせに綺麗すぎて、近寄りがたい気品とオーラがバシバシしてるから、らしいぜ」

冗談めかして言い、智佳は「それに」と笑みを溶かした声をゆっくりと響かせる。

「いくら綺麗でも『お姫様』って呼ぶには、もうちょっと厳しい歳だしな、あんた」

――あのね、きれいなおひめさまには、おひめさまをまもるキシがいないとだめなんだって。

ふいに幼い智佳がくれた囁《ささや》きが脳裏に蘇《よみがえ》り、心臓が大きく高鳴る。

智佳はまだ、剣道を続けているのだろうか。もしかして、剣道を始めたきっかけを覚えているのだろうか。

訊《き》きたい、と思った。けれども、「やめた」、「覚えてない」と言われれば、きっと胸が軋むだろう。「覚えてる」と言われても、そこからどう話を繋げばいいのか迷ってしまう。

真紘は目を凝《こ》らし、自分を守るように寄り添う智佳の影を見つめた。

広い肩が、かすかに上下している。

そのリズムを、そっと合わせてみた。智佳と一緒に、熱のこもった夜気《やき》を静かに呼吸する。

やがて鼓動の乱れが治まると、どこからかほろほろと幸福感が湧いてきた。

それは、自分たちが「主治医」と「患者」でなくなったときに消えてしまうかりそめの幸せだ。智佳がこんなにも優しいのは「主治医」だからで、ほかに理由はない。

ちゃんと、わかっている。だが、今はよけいなことは考えたくなかった。頭の芯が蕩《とろ》けてゆくようなこの心地のいい気持ちに、ただ酔いしれたかった。

すぐそばの智佳の肌が放つほのかな体温と匂いに包まれながら、真紘は目を閉じた。

翌朝、携帯電話のアラームが鳴る直前、真紘はすっきりと目が覚めた。智佳は明け方に呼び出されたらしい。携帯電話に「ちゃんと朝メシ食えよ」と書かれたメールを受信していた。

智佳以外の家族が揃った朝の賑《にぎ》やかな食卓では、猿がどうの、パンツがどうのと昨日の話題がまだ続いていたが、もう胃が疼《うず》くことはなかった。

昼食は、智佳が出前を頼んでくれたうな重を、屋上庭園で一緒に食べた。眼下の海を眩しく輝かせる陽射しは鮮烈で、響く蟬《せみ》の声もどこか弱々しい庭にはほかに人気がなかった。他愛《たわい》もない話をしながらふたりで眺めた海は美しく、鰻《うなぎ》も美味かった。

「今日の診察は夜、あんたの部屋で」

別れ際に告げられた言葉がまるで逢瀬《おうせ》の約束のように思え、昨夜、ひとりで勝手に抱きしめた幸せな酩酊感《めいていかん》がふわふわと増した。

だからだろう。午後、九度目の一行ラブレターが届いたが、まるで腹は立たず、真紘は鼻歌混じりにそれをシュレッダーにかけた。

その日は、帰宅できたのもいつになく早かった。まだ空がずいぶん明るい時間に、真紘は門を潜《くぐ》った。水やりがされたばかりで、しっとりとした花の香りが漂う庭を通り、離れの玄関を開けようとしたときだった。

今日は早いのね、とエプロン姿の母親が母屋のほうから近づいてくる。

母親は手に、ピンクの布を持っていた。見ると、ローライズのボクサーパンツだった。

「それ、昨日騒いでた兄さんのパンツ?」

「そう。さっき、白木蓮《はくもくれん》の枝に引っ掛かってるのを見つけたの」

「なら、猿じゃなくて、風で飛ばされて……」

言いかけて、真紘はふと首を傾《かし》げる。物干し場から、ガレージのある裏庭へ出る手前に植えられている白木蓮の木までは、五十メートル以上の距離がある。その間にはたくさんの庭木が生《お》い茂《しげ》っているし、昨日は強風など吹いていなかったはずだ。紙切れならともかく、それなりの重さのある下着が、どうしてそんな場所にひっかかっていたのだろう。

「風であんなところまで飛んでいかないと思うわ。遠すぎるもの」

「じゃあ、やっぱり猿?」

「それが、よくわからないのよねぇ。そんな形跡はなかったし、近所で猿を見たって人もいないみたいだし」

この近辺は住民の繋がりが密で、交番の数も多く、治安がいい。だから、正面玄関と裏門にしか設置されていない死角だらけの防犯カメラにも、それらしい影は映っていなかったそうだ。

鳥かもね、と母親は笑う。

「それより、これ。あなた宛てよ」

言って、母親はエプロンのポケットからミントグリーンの封筒を取り出す。

差出人は横浜市中区在住のまったく記憶にない女で、宛名の敬称は「先生」ではなく「様」だったが、綴《つづ》られていたのは見覚えのありすぎる字だった。つい数時間前、病院でシュレッダーにかけた一行ラブレターと同じ字だ。

曖昧《あいまい》な口調で母親に礼を言って部屋に入り、真紘は封筒を開けた。

便箋《びんせん》の中央に置かれた「好きです」という見慣れた四文字から、狂気めいた腐臭が立ちのぼっているような気がして、背が震えた。

今までは、とても不愉快ではあったものの、特に実害があったわけでもないので、相手にしなければそのうち飽きるだろう、と高をくくっていた。

だが、考えが甘かったようだ。宝生家は地元では名が通っているため、比較的容易だっただろうとは言え、わざわざ住所を調べて手紙を送ってきたということは、この女はこれから何か行動に出るつもりなのかもしれない。

そう思ってぞっとした瞬間、ある可能性が脳裏を過《よ》ぎった。

物干し場から一度消え、不可思議な場所から見つかった裕一の下着。あれは、この女の仕業《しわざ》ではないだろうか。その気になれば、こういうこともできるくらい近くにいるのだ、と真紘に対し、自分の存在を誇示する行為だったのでは——。

足元から冷たい恐怖がぞろりと這《は》い上《あ》がってきて、心臓が嫌な激しさで鼓動を刻む。

ここに住んでいるのは真紘ひとりではない。赤ん坊や、か弱い女たちもいる。すぐに将吾に相談すべきだと思ったが、できなかった。一時間ほどして春大《はるまさ》をつれて帰ってきた将吾が、満面の笑みで咲子の妊娠を発表したのだ。結婚を機に購入した新居はほとんど使われていないのだから、いっそ敷地内に春大夫婦の家を建ててはどうか、とはしゃぐ家族の喜びに水を差すようなことはとても言えなかった。

腹の奥へ押しこむしかなかった大きな心配事のせいで、夕食をすませた風呂上がりに智佳の診察が始まっても、真紘の身体はまったく反応しなかった。

ソファに座った格好で性器を扱くそばから、肌の熱が蒸発し、身体の内側から冷えてゆくようで、真紘は早々に「駄目だ」と勃起を諦めて手を離す。

すると、真向かいでテーブルの縁に脚を組んで座っていた智佳が身を乗り出し、真紘のペニスにメジャーの布テープを巻きつけて擦《こす》りはじめた。

一瞬、漏れる吐息が震えたけれど、萎えた陰茎の形状に変化は生まれなかった。

「何で勃たないんだ？　昨日はすぐに、これで勃ったのに」

今晩はひとり遅れて先ほど帰宅し、まだスーツ姿の智佳は真剣に思案する顔で、ペニスの根元に巻きつけたテープの両端を持ち上げ、ふるんふるんと揺する行為を数度繰り返した。

だが、真紘のそれは、垂れた頭《こうべ》を力なく右へ左へとくねらせるだけだった。

「なあ、真紘。気持ちいいんじゃなかったのか、このテープ」

まじまじと尋ねられて、何だかひどく落ち着かない気分になる。

「……勃たないものは、仕方ないだろう。もう、離せよ」

俯《うつむ》き加減に早口で求めると、真紘のペニスからメジャーがはずれた。

その直後だ。腿《もも》まで下ろしていたハーフパンツが、下着ごと一気に奪い去られた。抵抗する間もない、一瞬の出来事に真紘は抗議の言葉を失い、ただ啞然と智佳を見上げる。

「真紘。脚、開いてみろ」

「——何で？」

「いいから。早くしろ」

強い口調につい気圧され、真紘は何も纏わない脚を左右に開く。

その脚の間へ智佳が移動してきて、ソファの前で膝立ちになる。

「指、挿《い》れるから」

平坦にそう告げるなり、智佳は右手の中指を舐めたかと思うと、真紘の垂れたペニスの下へその手をくぐらせた。

刹那、硬い爪先が、窄《すぼ》まりの窪みを捉え、ぬっとめりこんできた。

「——っ」

智佳は、勃起を促すための前立腺マッサージのつもりなのだろうけれど、真紘にとっては違う。それは、こういう関係になる前も、なってからも、何度も夢想した愛の行為だ。しかし、あまりにふい打ちすぎて、感じるのは驚きだけだった。

真紘の身体は、本能的に異物を押し出そうとした。だが、細長い指は、ひくひくと怯えて収《しゅう》斂《れん》する隘路《あいろ》の抵抗をかきわけ、強引に奥へともぐりこんでくる。

「や、やめ……っ。智佳っ」

「じっとしてろ、真紘。探せないだろ」

いきなりの侵入に狼狽《うろた》える真紘の腿を左手で押さえつけ、智佳は埋めた指で肉襞《にくひだ》を抉《えぐ》る。

「……っ、とも、よしっ。や、め……、あっ！」

前後に蠢いていた指がそこを掠めた瞬間、甘美な痺れが全身に走り、声が高く散った。

「ここ、だな」

呟いた智佳が、官能が凝《こご》ったようなその場所を爪先でぐにぐにと押しつぶし、捏《こ》ね回《まわ》す。

「あっ、あっ……、あぁん」

色々な妄想はしたものの、後孔《こうこう》を自分でいじるような勇気は持てなかった。だから、愛《いと》しい男の手によって、初めて教えられる感覚は、眩暈《めまい》を誘うほどに強烈だった。

自分の意思とは関係なく、鼻にかかった声がぽろぽろとこぼれ落ちるたび、垂れていたペニスは揺れながら角度と硬度を孕《はら》んでいった。それでも今は、下肢《かし》から生まれる快楽にどうしても集中できず、勃起しきれなかった。

不格好な位置で固まった中途半端な屹立をじっと眺めていた智佳が、ふいに指の動きをとめる。そして、指を埋《うず》めたまま、左手で色づきの薄い陰茎の幹を、硬さを確かめる手つきで二度ほど握り、その根元に垂れる陰嚢を掌で包みこんできゅっと揉んだ。

「ん、ふっ……」

智佳の体温を感じるつど、肉襞はぞろぞろと震え、咥《くわ》えている男の指に纏わりついたが、陰茎は頑固に形を変えず、濡れる気配も見せなかった。

やがて、智佳が焦《じ》れたふうに、左手で真紘の亀頭に触れる。色の濃いその周縁に指先を回してぐっと押し、圧力で広がった先端の秘裂の中をのぞきこみながら、「おかしい。何でだ。おかしい」と低く繰り返した。

「真紘。あんた、今日も何かあったのか?」

ストーカー女の手紙のことを、智佳に相談したいと思わなかったわけではない。だが、うまく勃起できない心因とはいえ、医療には関係のないことだ。

智佳は医者で、防犯の専門家ではないのだから、きっと返ってくる答えは「親父か警察か警備会社に相談しろ」だ。この甘やかな声で、「俺を頼れ」とは言ってくれないだろう。

当然の反応だと理性では納得できても、心はできないかもしれない。昨日の持田の件のように優しくしてくれなかった、安心させてくれなかった、とひとりよがりに腹を立てたり、傷ついたりするのは嫌だった。そんな浅ましい自分にはなりたくない。

だから、真紘は打ち明けるのを躊躇《ためら》った。

「……ない」

不自然な間をあけて嘘をついたとたん、智佳が片眉を跳ね上げる。

「なら、何で完勃ちして、射精しないんだ」

「……お前が、下手《へた》だからだろ」

「そんなわけあるか。何度もイメトレしたんだ。普通なら、びしゃびしゃ漏らしまくってもおかしくないはずだ」

「イメトレって……」

眩しいばかりの自信を纏う声音で断言した智佳に少し呆れ、真紘は瞬く。

「俺のマッサージが、下手なはずはない。原因は、絶対にあんただ」

きっぱりと言って、智佳は力をこめた指先でその凝った部分をぐにりと押しひねる。

「ひぁっ」

「真紘。俺の目を見て、言ってみろ。本当に俺は下手か？　そうじゃないよな？」

問う間も智佳は指の動きを止めず、前立腺の膨《ふく》らみを集中的に擦り立てる。

「あっ、ぁ……」

「あんた、気が散って、俺のテクに集中できてないだろう？　何を考えてるのか、ちゃんと言えよ、真紘。俺に、隠し事をするな」

真紘をまっすぐに見据えて声を深く響かせ、智佳は指の腹で媚肉《びにく》の弱みをくにりと弾く。

与えられる悦楽をすべてうまく受け止められなくても、気持ちはいい。とてつもなく。ひどく甘い責めに、真紘はいくらも持ちこたえられなかった。


「患者に襲われる危険と隣り合わせの職場に、EDに、ストーカーか。女王様は、結構なストレス大王だったんだな」

脱がされたハーフパンツをはき直して簡単に説明をし、今回は捨てずに取っておいた手紙を真紘がテーブルの上に広げると、智佳はそれを、細めた双眸《そうぼう》で刺すように見た。

「心当たり、本当にまったくないのか？　統計的に、ストーカーはほとんどが顔見知りだって言うだろ。元交際相手とか、職場の関係者とか」

かつての恋人は去年、大学の医局から四国の病院へ派遣され、まだこちらへは戻ってきていないはずだ。だが、手紙の消印はすべて横浜市内だったし、そもそも筆跡が違う。そして、職場の関係者となると、心当たりがありすぎて、逆にまるで見当がつかない。

「この三年、女性との接触は病院でしかしてないが、誰に色目を使われたかなんて、いちいち覚えてないしな」

「差出人名が女だからって、このストーカーが女とは限らないと思うぜ」

「え？」

「あんた、男にも好かれるだろ」

単なる可能性ではなく、事実を指摘しているとわかる口調で智佳は断じる。

「高校のとき、バドミントンでコンビ組んでた奴《やつ》にコクられたりしてただろ」

パートナーから告白されたことは、今まで誰にも話していない。なのに、どうして智佳が知っているのだろう。真紘は驚き、大きく目を瞠《みは》る。

「……何で、知ってるんだ？」

剣道の稽古からの帰りに偶然、目撃した、と智佳は答えた。

「あんた、すげえ迫力で相手の男を怒鳴ってただろ。インハイの夢がどうのとか、ラストチャンスがどうのとかさ。立ち聞きする気はなかったけど、路上で仁王立ちになって、あんな大声で喧嘩してちゃ、嫌でも聞こえる」

智佳は苦笑し、肩を竦《すく》める。

「それにしても、あんなに『キモい』を連発しなくてもよかったんじゃないのか？　さすがに、相手の男が気の毒になった」

「……気の毒なのは、男に惚れられた俺のほうだ。男同士なんて気色の悪いこと、あり得ないだろ。変に気を持たれ続けるよりは、はっきり断って、恨まれるほうがまだマシだ」

あの瞬間、真紘の頭の中にあったのは、あともう少しで手の届きかけていたインターハイ出場の夢だけで、それはパートナーとふたりでなければ摑めないものだった。だから、恋にうつつを抜かして練習を放棄しかねないパートナーに失望し、我を失ってつい激昂したものの、自分でも言い過ぎたと思ったので、あとで謝った。

だが、それを告げる言葉の端から、智佳への恋心をうっかり漏らしてしまうことが怖く、真紘はわざと同性愛を強く否定した。

「まあ、確かに、可能性がないなら、きっぱり振ってやるほうが、相手にとっても親切っちゃあ親切なんだろうけどな」

同情混じりの口調で、智佳は苦笑いをする。

「で、男でこういうことをしそうな奴の心当たりはないのか？　手紙が届き始める前に、言い寄ってきた奴や、知り合った奴は？」

「男に告白されたのは、あれ一回きりだ。それに、手紙が届きはじめたのは五月の頭からで、春先に新しく知り合った同性なんて、数えたらきりがない」

そうか、と智佳は顎《あご》に手を当てて浅く頷く。

「とりあえず、今、家の中はお祭りムード一色だから、明日の始業前にでも病院で親父に話して、防犯カメラを増やす手配をしてもらおうぜ。赤ん坊と妊婦がいるんだから、裕一のパンツが消えた原因が何にしろ、防犯は強化しておくにこしたことはないしな」

「……ああ」

頷いた真紘に微笑《ほほえ》みを向け、智佳は「さてと」と立ち上がり、腕時計へ視線を落とす。

まだ二十時過ぎだが、智佳は今朝は早くから呼び出されていた。母屋へ戻ってもう休みたいらしいその姿に、氷の針でも刺さったかのようなひやりとした痛みが胸に生まれた。

裕一の下着の件を、鳥か何かのしわざだろうと軽く考えているような節を、少し不満に感じる。ひとりでこの広い部屋に残されることが心細いし、それを気づいてもくれないことが寂しい。けれども、予想した以上に、智佳は親身に相手をしてくれた。べつに冷たくされたわけでもないのだから、強欲にならずにこれで満足すべきだ、と自分に言い聞かせた頭上から、智佳の声が降ってきた。

「真紘。外へ出られる格好に着替えろよ」

「……何で？」

「被害届出しに、警察に行くに決まってるだろ。素人《しろうと》の俺たちがああだこうだ推測したり、探偵を雇ったりするより、最初から警察にその手紙を調べてもらったほうが手っ取り早い」

だけど、と真紘は戸惑う。

「言っただろ？　これ以外の手紙は全部処分して残ってないし、兄さんの下着のことも証拠があるわけじゃない。警察がまともに相手にしてくれるとも思えないが……」

「真正面から突っこめばそうだろうが、俺には裏口入場券がある」

「裏口入場券？」

「ああ。ずっと剣道続けてると、自然と警察の知り合いが増えるからな。九州《むこう》にいるときに顔なじみになったキャリア官僚が、ちょうど今、こっちの県警本部にいるから、口をきいてもらう」

思わぬところで知りたかったことの答えを聞けたが、善良な一市民としては、喜ぶ気持ちを複雑に曇らせる感情がもわもわと湧く。

「……要するに、不正な特別待遇を要求するのか?」

「べつに交通違反のもみ消しを頼んだりするわけじゃないんだから、不正ってことはないだろ。大体、うちは祖父《じい》さんの代から、税金面でも医療面でも、それくらいの融通《ゆうずう》をきかせてもらってもバチは当たらないくらいの貢献《こうけん》はしてるしな」

そう軽やかに言って、智佳は真紘に着替えを急《せ》かした。

智佳の知り合いの警察官僚は、かなり高い地位にいる人物らしい。智佳の運転する車で最寄りの神東《じんとう》警察署に赴《おもむ》き、受付で用件を告げると、すぐに生活安全課の刑事が揉み手をしそうな低姿勢で飛んできた。

三十過ぎの男に弟が付き添っているのを見ても、証拠の手紙がたった一通しかないと知っても、真紘を不快にさせることは一切口にせず、ひたすら同情的な表情を崩さなかった刑事たちの対応はとても手際よかった。必要な手続きをすませ、早急に手紙の差出人の特定に取りかかると約束されて警察署を出るまで、三十分もかからなかった。

「お前、ずいぶん便利な人脈を持ってるな」

駐車場の車の中へ智佳と乗りこんだところで、つい感嘆が漏れた。

「年下の二年後輩でも、俺はちゃんと頼りになるだろ？」

昨日、自分を労うのは十年早いとあしらった発言を撤回《てっかい》させたいのだろうか。

どこか得意げに告げて、シートベルトを締める智佳に、真紘は淡く笑みをこぼす。

「ああ」

「これで、少しは気が楽になったか？」

ああ、ともう一度頷き、真紘もシートベルトを締めてやわらかなレザーシートに背を預ける。

礼を言おうとしたが、車のエンジンをかけた智佳に「真紘」と先に呼ばれた。

「今晩からしばらく、あんたの部屋で寝るから。それから、行き帰りの時間もできるだけ合わそうぜ」

駐車場から海沿いの道へ静かに走り出た車の中で、真紘は「何で？」と瞬く。

「ストーカー来襲に備えて」

「……いくら何でも、そこまでやるのは大げさじゃないか？」

そうしてほしいと求める以上に、自分を心配してくれる智佳の言葉に、胸の奥で嬉しさがぱちぱちと弾けた。

けれども、智佳の優しさは主治医としての、家族としてのものだ。心にひたひたと満ちる喜びを都合のいい勘違いに変えてしまわないよう自分に忠告したとき、「そんなことはない」と強い口調の否定が返ってきた。

「こういうのは事が起こる前に、大げさなくらいに動いてちょうどいいんだよ。あんたに何かあってからじゃ、意味がない」

ひどく真摯《しんし》な響きを帯びた声音が胸に深く沁みこみ、理性の抑えがきかなくなる。鼓動がどんどんと速くなってゆく。その激しい高鳴りが、もしかしたら、という期待を生む。

智佳はどうして、こんなにも自分を大切に扱ってくれるのだろうか。

年若い妹などではない自分に対して、家族だとしても、秘密を分かち合う主治医だとしても、少しばかり特別扱いが過ぎるのではないだろうか。

そう思うと、智佳の診察の仕方も奇妙な気がしてきた。

智佳は真紘が嘘を吐《つ》き、隠し事をしているせいで、EDの原因を誤解している。その上、真紘が、記録が残らないよう、病院の設備は使わないでほしいと求めたために、できる処置も限られている。そうした状況下では、「効果があった方法をしばらく試す」ということが最善の治療法だ。そこまでは納得できる。しかし、そんな予定のなかった一度目はともかく、二度目以降もずっと、智佳は真紘の性器を素手《すで》で触診している。

その気になればすぐに用意ができるのに、滅菌《めっきん》手袋を使おうとする気配がないのは、どうしてだろうかと考えながら、真紘はちらりと運転席の智佳を見る。

ハンドルを握る智佳の腕が何だかやけに頼もしく、そしてなまめかしく思え、真紘は慌てて窓の外へ視線をやる。

車窓の向こうを、見慣れた街の夜景が流れていく。

この一帯は居住エリアで、海沿いに何か派手な商業施設があるわけでもない。夜の闇の中に浮かんでいるのは、街灯か、建ち並ぶマンション群から漏れてくる明かりくらいだ。華やかさなどどこにもないありふれた景観なのに、今日はとても綺麗に見える。

そこかしこに溢れる、きらきらとした不思議な淡い煌《きら》めきをうっとりと見つめているうちに、もしかしたら、もしかしたら、と期待が膨らんでいく。

真紘が同性のパートナーから告白をされたことを、智佳は気持ち悪がりはしなかった。同性愛を嫌悪する様子など、微塵《みじん》もなかった。

剣道を始めた理由を、初めて会った日にしてくれたプロポーズを、智佳はちゃんと覚えているのかもしれない。今も、あのときと同じ気持ちでいるのかもしれない。だから、こうして自分を懸命に守ってくれようとしているのかもしれない。

「……それにしたって、俺たちはもう子供じゃないんだ。いくら何でも、同じ部屋で寝起きするのは、母さんたちが変に思うんじゃないのか?」

「皆、赤ん坊と咲子さんのことで頭がいっぱいで、そんな余裕はないさ」

智佳は肩を竦め、笑う。

「車の鍵取りに母屋へ行ったとき、母さんたちと鉢合《はちあ》わせしたから、ついでに『赤ん坊と妊婦のいる家の中じゃ煙草が吸いにくいから、当分、真紘のとこに住む』って言ったら、反応は『あら、そう』だけだったしな」

「……俺のいないところで、勝手に話を決めるな」

「悪かった。でも、いい案だろ、これ」

自信たっぷりに言って、智佳はハンドルを右へ切る。家がある高台へ続く暗い夜道を、車はなめらかに走る。

「万が一、ストーカーが離れに侵入してきても、俺がいればあんたは安心だし、一緒に寝れば、俺もあんたの朝勃ちの状態を直《じか》にチェックできて、一石二鳥だしな」

「……どうだか。泊まりや呼び出しでいない夜もあるんだから、いい案じゃなくて、安心が中途半端な欠陥案だろ」

智佳に性器を握られて目覚める朝を想像し、肌に淫靡《いんび》なざわめきの波が広がった。

思わず頰が緩《ゆる》みそうになったのを寸前で堪え、真紘はわざと渋面を作る。

「俺がいない夜は、母屋の俺の部屋で寝ろ。とにかく、誰の目も届かない場所で絶対にひとりになるな」

ちょっとした軽口のつもりだったのに、予想外に真剣な口調を返された驚きで、目もとがうっすらと赤らんだ。

「本当に大げさだな、お前……」

「だから、大げさなくらいがちょうどいいんだよ」

夜の色を背景にした窓ガラスに、智佳の湛《たた》えるあでやかな微笑みが映りこむ。

「なあ、真紘。今度から、ストレスになるような心配事があるときは、身体に影響が出る前に俺に言えよ」

視線を窓の外に向けたまま、真紘は「ああ」と小さく声を落とす。

やはり、智佳は自分と同じ気持ちなのかもしれない。確かめようとしたけれど、緊張のせいで舌が急に重くなる。落ち着こうとして、細く息を吸いこんだ直後だった。

「問診中心の治療で患者に隠し事をされたら、主治医はゴールへの正しい道がわからなくなるんだからさ」

責める響きはなく、智佳は苦笑する。

「俺、あんたのEDの原因は、過去に失敗したトラウマと、刺激がないっていうか、潔癖《けっぺき》すぎるマンネリオナニーのせいだと思ってたけど、今現在のストレスのほうに勃起神経をやられてる感じだよな」

窓ガラスにぼんやりと浮かぶ端整な横顔を、真紘は揺れる眼差しでゆっくりとなぞる。

「まだ俺は泌尿器科《ウロ》のことは独学で勉強してる状態だし、もしかしたら、あんたにとって俺は、縋《すが》らないよりは試しに縋ってみたほうがマシってだけの藁《わら》かもしれないけど、俺は本気で、あんたに早く、いつでもどこでも完勃ちできて、びしゃびしゃ出せるようになってほしいって思ってるんだぜ？」

「妙な言い方をするな。いつでもどこでもそんな状態になったら、ただの変態だろうが」

「いや、年内の子作りにはそれぐらいの勢いがあったほうがいいって話」

「……子作り？」

真紘は、ぎこちない動きで振り向く。

「そ。あんたが今年中に安心して結婚できて、親父に来年、孫を抱かせてやれるよう、本業の片手間じゃなく真面目に全力投球するから、ちゃんと俺を信用してくれ」

真紘と一瞬目を合わせ、智佳は誠実な医師の顔で「な？」とやわらかく笑む。

その刹那、杭《くい》でも打たれたような強烈な痛みが心臓を襲い、肌を火照《ほて》らせていた甘い感情が一気に冷え固まった。だが、頭の芯までもが凍《い》てつき、冴えたせいだろう。かえって奇妙な冷静さが生まれ、真紘は口角をふわりと、とびきりつやめかしく上げる。

「なら、言葉だけじゃなく、俺が満足できる成果をきちんと出せよ。お前は今のところ、せいぜい六十点ってところだぞ」

マッサージも下手だしな、と真紘は窓枠に肘を突き、鼻を鳴らす。

「下手って、誰と比べて下手なんだよ。あんた、俺以外から受けたことあるのか？」

「ないが、俺を勃起させられなかったから、お前は下手だ。これ以上の根拠が、ほかに何か必要か？」

「……ございません、真紘様。技術向上に向けて、日々精進いたします」

おどけて畏《かしこ》まる智佳に、真紘も「そうしろ」と命令口調を放ち、窓の外へ視線を流す。

罅割《ひびわ》れた心の中で、動揺を上手く押し隠せた自分を褒め、慰《なぐさ》め、そして嗤《わら》いながら。

どれだけの大きな優しさや、くだけた親密さや、濃やかな心配りを見せてくれたところで、そこに真紘が求める愛などありはしない。自分と智佳は、兄弟で、患者と主治医。それ以上でも以下でもない。智佳がその腕を差し伸べてくれたのも、こんなふうにいたわってくれるのも、真紘が病人だからだ。

わざわざ複雑に深読みをしなくても、智佳の気持ちはごくごく単純なものだったのだ。なのに、どうして、恋という感情に囚《とら》われると、こんなにも愚かになってしまうのだろう。

車窓から見下ろす家並みの向こうに、数分前に通り過ぎた海沿いの街が広がっている。

あのときはあんなにも美しく輝いていたのに、今はただの濁った暗闇にしか思えない景色を眺め、真紘はひっそりと頬を歪ませた。

智佳《ともよし》の車に同乗して出勤した翌朝の始業前、真紘《まひろ》は院長室にふたりの兄も呼んでもらい、ストーカー被害に遭《あ》っており、すでに被害届を出したことを打ち明けた。

「お前がストーカーに妄執《もうしゅう》されるのは、さもありなんだ。それは、よくわかる」

ソファに悠然と腰掛け、長い脚を組んでいた裕一《ゆういち》は、真紘の話を聞き終えて深く頷いた。

「だが、パンツのほうは、さっぱりわからん。どうして、お前のじゃなく、俺のパンツがストーカーの標的になったんだ?」

「ストーカーの考えていることは、俺にはわかりませんが、今言ったように、ストーカーの仕《し》業《わざ》かどうかはまだ不明で、現段階ではあくまで可能性です。ただ、日中、家の中は女性陣と乳児だけになるんですから、用心はすべきだと思います」

間髪をいれず同意した将吾《しょうご》たちは、あきらかに真紘よりも、三人の赤ん坊と妊婦となった咲子《さきこ》のことを心配している様子で、防犯対策の話し合いを始めた。

真紘はその家族会議を内科病棟からの呼び出しを受けたために中座したが、食堂で一緒に昼食をとった智佳が、今日中に防犯カメラが増設されることを教えてくれた。

「あと、番犬を飼う案も出たが、『日本人なら断然秋田犬派』と、『いや、セントバーナードがいいぜ派』で割れて、紛糾《ふんきゅう》してる」

何だそれ、と真紘は湯飲みを、空《から》の食器の並ぶトレイへ戻して問う。

「裕一は、毎日病院へ送り迎えをしてくれる忠犬ハチ公みたいな秋田犬が飼いたいんだと。で、春大《はるまさ》は、医局にＤＶＤ持ちこんでるくらい『フランダースの犬』が好きだろ。子供とパトラッシュごっこがしたいんだってさ」

「それ、番犬とは関係なくないか？　ただの、自分の好きな犬だろ」

「可愛《かわい》い弟の一大事なのに、イマイチ真剣みが足りないおっさんたちで、嘆《なげ》かわしい」

鼻筋に皺《しわ》を寄せて顔を振った智佳は、なぜか一瞬目を泳がせ、真紘を見た。

「あのさ。今晩はあんたと時間を合わせて帰るって言ったけど、駄目になった」

一時間ほど前、出張中の上級医の受け持ち患者の容体が悪くなったそうだ。その上級医は出張先から駆けつけているが到着が夜になるらしく、留守中の仮担当である智佳がそれまでついていなければならないという。

「あんなたいそうなご託《たく》を並べた昨日の今日で、それか。信頼度マイナス十点だな」

少し意地悪く笑うと、智佳が向かいの席から白衣に包まれた上半身を乗り出してきた。

「減点は勘弁してくれ。今晩、帰ったら、久しぶりに手を繋《つな》いで一緒に寝てやるから」

昨夜から凍りついたままの胸は、もうぴくりとも高鳴りはしない。ひとかけらの愚かな期待すら湧かない。智佳の無邪気な悪ふざけは、鼓膜を引《ひ》っ掻《か》くばかりだ。

「気色が悪い。減点二十点だ」

心にまで入りこんできそうなちりちりとした痛みを振り払うために、真紘はことさらに横柄《おうへい》に言い、テーブルの下で智佳の脚を蹴る。

「大体、何だ、『やる』って。子供のときに手を繋いでやったのも、一緒に寝てやったのも、俺のほうだろうが」

「そんなに怒るなって」

「怒ってないし、べつにいい。真面目《まじめ》な話、埋め合わせはちゃんとするから」

真紘は素っ気《そけ》なく、けれども特に思うのところのない顔で告げる。こうなるのは、端《はな》から自明のことだしな」

トレイを持ち、「じゃあな」と立ち上がった腕を、「おい」と引かれる。

「仕事が終わったら、タクシーでさっさと帰れよ。寄り道もするなよ」

向けられた声から、肌に触れる温かな指先から、智佳の残酷な優しさを感じた。

「俺は小学生か?」

引き攣りそうになる頬に苦笑を浮かべ、真紘は食堂を出る。胸の強張《こわば》りをほぐすために少し歩きたくて、出入り口前のエレベーターには乗らず、ロビーへ出る。

総合受付や会計窓口のあるロビーは、まだずいぶんと混雑していた。真紘は黒のスクラブのポケットに手を突っこみ、雑多なざわめきの中を俯《うつむ》き加減に渡る。

智佳が丸めた布団を抱《かか》えて離れへ越してきた昨夜も、パジャマのズボンを下ろされて目覚めた今朝《けさ》も、そして今も、普段通りに振る舞えた。どうにか、取り乱さずにすんだ。

だが、いつまでも耐えられるはずがない。好きで好きでたまらない男に、朝も夜も蕩《とろ》けそうに甘い言葉を囁《ささや》かれ、危うい場所に愛護的な手技をほどこされれば、恋心は膨《ふく》らむばかりだ。

なのに、こんな状態で、自分は智佳には決して愛してはもらえないのだとこれから毎日思い知らなければならないのは、血が凍りつきそうなほど苦しいだろう。智佳を慕《した》って硬く熱く芽吹いたものをやわらかに包みこまれ、擦《こす》られながら、まだ名前も覚えていない女との結婚を勧められるのは、息が止まりそうなほど辛いだろう。きっと、いつか、この弱い心は軋《きし》みを上げて壊れてしまうに違いない。

やはり、智佳を主治医にしたのは大きな間違いだった。差し出されたものは、とほうもなく甘いけれど、触れ続ければ心も身体も蝕《むしば》まれる毒だと、最初からわかっていた。拒《こば》むべきだったのだ。そうすべきだと知りつつできなかった己の脆弱《ぜいじゃく》さを責めながら、真紘は細く息をつく。

これから、どうしたらいいのだろう。会えなかった十年よりも、刺々《とげとげ》しい敵意を向けられて悲しかった日々よりも、智佳の笑顔を目の前で見ることができ、温かな体温を肌に感じられる今のほうが遙かに悲しく、悩ましい。

冷たい不安が胸で渦巻《うずま》き、頭の芯がじんと痺《しび》れる。いくら考えても答えは浮かばず、ただ胸に澱《おり》が深く重なるばかりだった。

だから、まだ空が明るい夕方に仕事を終えたとき、真紘の脚は家へは向かなかった。息苦しいほどの心の澱《よど》みを少しでも軽くしたくて、真紘は病院前で拾ったタクシーの運転手に「神東《じんとう》スポーツまで」と告げた。

以前は三日にあげず通っていたが、智佳の治療を受けるようになってからは初めて行くスポーツクラブ内の売店で水着やキャップを買い、室内プールのある最上階へ行く。

二時間ほどゆっくりと泳ぎ、ひんやりとした揺らぎに身を浸《ひた》しているうちに胸の濁りがわずかに溶けてゆき、真紘はふと閃《ひらめ》いた。

もし天の恩恵というものが存在するのなら、ストーカー騒動がそれなのかもしれない、と。

今の真紘にとって、一番の問題は智佳だ。ならば、とにかく、できる限り智佳と距離を置く必要がある。智佳と離れて冷静になれば、誤って絡まってしまったこの関係を解消する方法も見えてくるかもしれない。EDや見合いのことは、そのあとで悩めばいい。

――家を出よう。家族にストーカーの危害が及ぶのは嫌だから、と言えば、皆、納得するだろうし、原因が智佳だなどとは想像もしないはずだ。

決心が鈍《にぶ》らないうちに家に帰ろうと、真紘はプールを出た。プールサイドを早足で歩き、更衣室のドアを開けたとき、ふいに後ろから駆けてきた小さな影が先に室内へすべりこむ。小学校に上がるか上がらないかといった年頃の子供だった。父親らしい若い男が「すみません」と詫《わ》びて、はしゃいで飛び回る子供を小走りに追う。

そのあとから更衣室へ入り、真紘は見知った顔を見つけた。

「あ、宝生《ほうしょう》さん。こんばんは」

水着に着替えようとしていた雉本《きじもと》が真紘に気づき、品のいい笑みを浮かべる。

「こんばんは。雉本さんは、これからですか？」

「ええ、入れ違いですね。ご一緒したかったのに、残念です」

言って、目もとを和《なご》ませてすぐ、雉本は「あれ？」と瞬《またた》く。不思議そうな色を湛《たた》えたその視線は、なぜか真紘の下半身へ向いていた。

「何か？」

「あ、すみません。宝生さんっていつもカラフルな水着なので、今日はどうして黒なのかな、と思って」

「急に泳ぎたくなって来たので、用意がなくて、売店で買ったんです」

どうりで、と大きく頷いた雉本は頬をほろりと崩し、表情を悪戯《いたずら》っぽいものにする。

「実は、私が最初に宝生さんを認識したのって、水着の色だったんです」

「……そう、なんですか？」

「ええ。普通の男ではなかなかはくのが難しい色を、すごく格好よくはきこなしてる人だな、ってつい感心してしまって」

真紘は普段、オレンジやホワイトシルバー、コーラルなどの競泳ビキニを着用している。

会員は皆、様々な色や形の水着をつけているし、誰にも指摘をされなかったのでまったく気にしていなかったが、どうやら結構な悪目立ちをしていたようだ。

下着同様、水着にも、将吾たちの派手好みの影響を知らず知らずのうちに受けていたのかもしれない。雉本の口調に嘲笑《ちょうしょう》や悪意は微塵《みじん》もなく、むしろ親しみを誘うものだったが、何だかとても気恥ずかしくなった。

「あ、そうそう、宝生さん。この前、できなかったバドミントン、いつか、三階のアリーナでやりましょう」

ええ、ぜひ、と真紘は少しぎこちなく笑って会釈《えしゃく》をし、部屋の奥でシャワーを浴びた。備えつけのドライヤーで髪を乾かし、腰にバスタオルを巻いた格好で更衣スペースへ戻ってくると、雉本がまだ着衣のままで、ロッカーの前のベンチに座っていた。

「雉本さん？　どうかされたんですか？」

尋ねた真紘を見て、雉本が一瞬、迷うように視線を揺らす。

「あの、宝生さんはこれからお帰りになるんですよね？」

「ええ、そうですが」

「不躾《ぶしつけ》で申し訳ないんですが、少しだけおつき合いしていただくことって無理でしょうか？ちょっと、妹のことを宝生さんに聞いていただきたくて」

周囲に視線をやってから、雉本は真紘の隣に立ち、声をひそめた。

「転職した職場に馴染めないようで、うつっぽい感じになってるんです。本人は病院へは行きたがらないんですが、このままにしておいていいのか、心配で……」

「お気持ちはわかります。ですが、又聞きで診断を下すのは難しいですし、無責任なことも言えませんので」

何かの拍子に決心が揺らぐとも限らないので、早く家に帰って家族に独立を宣言したかった。それに、顔見知りの医者だからと言って、気軽に医療相談を持ちかけられるのはあまりいい気分ではない。

反射的に眉《まゆ》を寄せてそう返すと、雉本のがっしりとした肩が萎《しお》れるように下がった。その様子に、先日の持田《もちだ》のしゅんとした顔が重なり、口の中に苦いものが広がる。

「そうですよね。すみません。調子に乗って、こんな図々しいことを言ってしまって」

申し出を拒んだ真紘に対し、雉本は怒りもせず、ひたすら恐縮して、丁寧に頭を下げた。だから、よけいに罪悪感を煽《あお》られた。

「あ、いえ。そんなことは……。あの、雉本さん。又聞きでは診断はできませんが、あくまでひとつの意見として、アドバイスをするくらいなら可能です」

本当ですか、と雉本は顔を明るくする。

「はい。でも、今晩は用があってちょっと無理ですので、別の日なら。雉本さんのご都合は、いかがですか?」

雉本は、慌てたふうにベンチの上の鞄《かばん》を開けて手帳を取り出す。

真紘もロッカーを開け、手帳代わりの携帯電話を出す。そして、着信ランプの点滅に気づいた。履歴《りれき》を見ると、泳いでいたこの二時間の間に、昨夜名刺をもらった神東署の刑事から二件、智佳から十件以上の着信があった。

「ええと、今週だと明後日《あさって》、来週は火曜と水曜が空《あ》いています」

「……わかりました。私は仕事柄《がら》、いつなら大丈夫だとはっきりお約束はできないのですが、わかり次第、連絡をさせていただきます」

ストーカーのことで何かわかったのだろうか、と思いながら告げた直後だった。

「ショータ、走るんじゃない！　すべるぞ！」

男の怒声を背に、奥のシャワールームから走ってきた子供が雉本にぶつかった。その衝撃で、雉本は持っていた手帳を落とし、中に挟《はさ》まれていた写真が数枚、床にちらばった。

それらはすべて、シャワールームで盗撮《とうさつ》されたらしい真紘の全裸写真だった。顔色を変えて後退《あとずさ》り、逃げようとした雉本の腰を、真紘は渾身《こんしん》の力をこめて蹴り上げた。


「あの人、男のくせに震えが来るくらいのすごい美人でしょ？　でもね、綺麗なのは顔だけじゃなくて、乳首《ちくび》も。桜の花びらを何枚も重ねたみたいな、透き通ったピンク色してるんだぜ。それで、乳首とおんなじ色の、それもケツの割れ目が半分見えてるようないやらしい水着着て、俺の前で泳ぐんだもん。惚れるなっていうほうが無理でしょ」

取り調べにあたった刑事に対し、開口一番、そう開き直った雉本は語学学校を経営する資産家の子息で、同性愛者だそうだ。三年前にも、一方的に好意を持った相手にストーカー行為を働いたあげく暴行し、逮捕されていた。

その相手には乱暴をしたことで嫌われてしまったのがとても残念だったため、今回、スポーツクラブのプールで一目惚れをした真紘に対しては、チンピラ崩れの探偵を使って素性《すじょう》や趣味を調べ上げ、親しくなる計画を慎重に練ったのだ、と雉本は自白した。

真紘が雉本をよくプールで見かけたのも当然だ。スポーツクラブには、探偵社の者がアルバイトとして潜入していた。そのアルバイトから連絡を受け、雉本は常に真紘がいる時間に泳ぎに来ていたのだ。病院での出会いも、今晩の邂逅《かいこう》も、偶然を装った計画的な接近で、入院中の友人や、うつ病を患《わずら》っている妹は実際には存在していないらしい。

受け取った真紘を不快にし、しかし被害を訴《うった》えても警察が相手にするはずもない一行ラブレターを送っていたのは、ふたりの関係を親しくさせる小道具にするつもりだったという。雉本は、真紘が自分にある程度気を許したところで水を向ければ、不気味なラブレターのことを打ち明けられるだろうと考えたのだ。そして、親身に相談に乗ることで真紘の信頼を得、やがては恋人になるという展開だったようだ。

だが、その馬鹿馬鹿しい計画によって、雉本は墓穴を掘った。うっかり切手に指紋の一部を残していたのだ。前科のある雉本の指紋はもちろん警察のデータベースに記録されており、そこから身元が判明した。

「で、すぐに連絡を差し上げたんですが、なかなか繋がらなかったので、昨日、番号をうかがっていた弟さんに電話をしました。弟さん、大変心配されていましたよ」

雉本を取り押さえた経緯を事情聴取された際、刑事は「お兄さん思いのいい弟さんですね」と笑んで言った。

「雉本は手紙を送ったことも、盗撮をしたことも認めています。盗撮の実行犯は、ジムにバイトとして潜入していた男だそうです。ああ、でも、雉本も探偵社の連中も、宝生さんのお宅に侵入したことはないと否認しています。お兄さんのパンツの消えた一昨日《おととい》は全員、法事やらべつの仕事やらで、市内にはいなかったと供述してるんです。アリバイの確認中ですが、そちらの件の犯人は、動物か風の可能性が高いかもしれませんね」

聴取を終えて帰宅したのは、十時が近かった。病院の智佳からの連絡で事の顛末《てんまつ》を知っていた家族は、ずいぶんと心配顔で励ましてくれた。そして、真紘がゆっくり浸《つ》かった風呂から上がり、パイル地のパジャマに着替えた頃に帰ってきた智佳には、いきなり抱きしめられ、怒鳴られた。

「何してるんだよ、あんたは！　仕事が終わったら、さっさと家へ帰れって言っただろ！　それに、ストーカーは女とは限らないとも注意しただろ、あれだけ！」

真紘の肩を強く抱いたまま、智佳は怒声を響かせる。

「なのに、あんたは馬鹿か！　何、のこのこ自分から変態野郎の前へ行って、裸になってんだよ！　この露出狂が！」

寄り道をせずに帰れ、という忠告を無視した負い目もあったし、着信履歴の多さから、智佳が気を揉んでいるのはわかっていた。くどくどしい説教が飛んでくることは容易に想像でき、一段落ついても報告を躊躇《ためら》い、結局、刑事に任せてしまったのは、そのためだ。

ただ頭ごなしに怒鳴られるだけなら、真紘も応戦した。プールとストーカーを結びつけて用心するような情報は何もなかった、と言い返しただろう。そもそも、プールへ行きたくなったのは、お前のことで悩んで溜まった憂《う》さを晴らしたかったからなのに、と恨《うら》みがましい気持ちが噴き上がっただろう。

けれども、こんなふうに切羽詰まった声で詰《なじ》られながら、身体が浮き上がるほどの強い力で抱きしめられるとは思っていなかった。だから、真紘は反応の仕方に困り、迷った。

「……裸じゃない。水着だ」

困惑しつつ、智佳の腕の中で低く返すと、耳もとで「同じだろ！」と一喝《いっかつ》される。

「申し訳程度の布きれが一枚ついてるだけじゃ、裸も同然だ！　何で、わざわざストーカー男の前で乳首見せて、股間《こかん》の形がモロわかりなピチピチビキニなんかはくんだよっ」

そう叫び、智佳は身体を離すと、真紘と深く視線を絡めた。

「相手、暴行の前科がある奴《やつ》だろう。本当に何もされてないのか？　ＥＤのときみたいに、知

られるのが恥ずかしいからって、隠してないか?」

「隠してないし、何もされてない」

答えた直後、「確認させろ」と求められる。返事をする間もなく、ボタンがはずされた上着を奪われ、ズボンを下着もろとも一気に剝《は》ぎ取《と》られる。

晒《さら》した身体を、前後にひっくり返された。耳の後ろから爪先まで、肌に鬱血の跡や傷がないかを丹念に調べられたあと、ベッドの上で這《は》う姿勢にさせられた。驚いたけれど、抗《あらが》えなかった。智佳のあまりの真剣さに、気圧されたのもある。だが、それ以上に、自分を見つめる眼差しの中に、単なる家族としてでも主治医としてでもない光があるように感じたのだ。

臀部《でんぶ》の肉に智佳の手が触れ、真紘は息を詰める。

「……外部に腫《は》れや擦過傷《さっかしょう》はない」

窄《すぼ》まりの襞《ひだ》をそろりと丸く撫で、確認のような低い呟きを落とすと、智佳は真紘の蕾《つぼみ》を左右にぐっと大きく開いた。

入り口だけではなく、そのさらに奥の肉まで空気に晒《さら》された感覚に、真紘は狼狽《うろた》える。

「そ、そんなに、無理やり広げるな……」

「広げないと、中が見えない」

真紘の困惑をよそに、智佳はさらに指先に力を入れて秘所を曝《あば》く。

そこへ顔を近づけ、内部の粘膜に異常がないことを時間をかけて丹念に確かめたあと、智佳は、安堵したというよりは、どこか気が抜けたふうに大きな息をつき、ベッドにどさりと腰を下ろす。

「刑事に、あんたのストーカーはゲイのレイプ魔だとか、あんたと連絡が取れないとか知らされて、無事がわかるまでの間、俺がどんな気持ちでいたか、わかるか？」

智佳は掠れた声をゆっくりと絞り出し、身を起こした真紘の腕を強く摑む。

「あんた、どれだけ俺の気持ち弄《もてあそ》んで、心臓をどすどす抉《えぐ》りゃ気がすむんだよ？」

投げかけられた問いの意味がわからず、真紘は「そんなことしてない」と瞬く。

「二回も結婚詐欺《さぎ》をしておいて、どの口で言ってんだよ」

真紘に向く双眸《そうぼう》の中で、怒気がゆらりと煌《きら》めいた。

「俺がこっちに帰ってきてからだって、そうだろうが。ちらちら色目使って、期待を持たせるようなことを散々しておいて、あげく『男同士は気持ち悪い』だもんな」

「……お前、俺が……好き、なのか？」

「今さら過ぎる質問で、泣けてくるな」

智佳は「俺が何百回、あんたに結婚を迫ったと思ってるんだ」と整えたように形のいい眉を寄せる。

「女王様だからって、あんまり無神経に人の心を踏みにじってると、犯すぞ。一晩中よがり狂わせて、俺ナシじゃいられない身体にして、本当に女とは結婚できなくするからな」

「マッサージ、下手《へた》だったくせに……」

言うべきことはほかにあったのに、思考が縺《もつ》れて、そんな軽口しか出てこなかった。

「下手じゃない。あのとき問題があったのは、あんたのほうだろ。それに、指とオレとじゃ、比べものにならないぞ。突っこんだ瞬間に、あんたを昇天させる自信がある」

試してやろうか、とまっすぐに見据えられ、瞠《みは》った目の奥が、肌が、心が、じんじんと熱を持って火照《ほて》る。

「……俺は、遊びのセックスはしない主義だ」

「人が死ぬ思いで真剣に告白してるのに、どんな耳してりゃ、遊びのセックスを誘ってるように聞こえるんだよ」

「だけど、お前、つき合ってる女が、いるだろ。こっちへ帰ってきてすぐの頃、すごい美人とニューマリンホテルへ入っていくところを見たって、ナースが騒いでたぞ」

智佳は一瞬首を傾《かし》げ、「ああ」ともらす。

「あの人は確かに美人だが、ふたりで入ったりはしてない。隣に、ちゃんと、その旦那もいた。あんたのことで、所轄《しょかつ》への口利きを頼んだキャリア」

今年の春、神奈川県警本部へ異動してきたその警察官僚の夫婦はどちらも共に有名な剣士で、智佳は九州にいた頃、かなり懇意《こんい》にしていたそうだ。ナースに目撃された夜は、ホテルのレストランで再会を祝う食事をしていたという。

「じゃあ、ほかの夜は？　夜中までほっつき歩いて、何してたんだ？」

「ひとりで飲んでた。夜はなるべく、家にいたくなかったんだ。あんたの垂れ流してるお色気フェロモンにやられて、血迷ったことしそうだったから」

少し軽く聞こえた口調を疑って、真紘は目を細める。すると、智佳は真紘の腕を掴んでいた指先をずらし、そっと手を重ねた。

「あんたの主治医になってからは、家と病院の往復しかしてないだろ？　あんたのつやつやしたペニスや、ぷるぷるの陰嚢《いんのう》を握ったり、つついたりする以上にしたいことなんて、何もなかったからな」

そう告げた唇に、淡い笑みが浮かぶ。

「あんたって、そうやって思わせぶりな態度を見せて、結局はいつも最後に『ホモは気持ち悪い』だよな。何だよ、それ。俺を揶揄《からか》って、ストレス発散でもしてるのか？」

智佳の放つ濃い憤りに気を呑まれ、真紘は咄嗟《とっさ》に返事ができなかった。

「あんなED治療、いくら何でもおかしいのに、あんたが好きなようにいじらせるから、懲《こ》りもせずに期待して、三度目のプロポーズをするつもりで我慢して損したぜ」

自嘲気味に言って真紘の手を離し、智佳は立ち上がる。

「こんなことなら、AV展開的に、ペニスで前立腺を刺激するのが一番きくからとか言って、さっさとハメとくんだった」

智佳は勝手に開けた冷蔵庫から缶ビールを取り出して何かの勢いづけのように一口呷《あお》って濡れた口もとを乱雑に拭《ぬぐ》い、真紘の足元で胡座《あぐら》をかいた。

「これからは、スケベ心は封印して、ちゃんとまともな治療に専念する」

後ろ手に手をつき、智佳は「だから」と真紘を仰《あお》ぎ見《み》る。

「治ったら、結婚詐欺の慰謝料として、一回だけやらせてくれ」

なぜだかわからないが、智佳は真紘に振られたと思いこんでいるようだ。嬉しさよりも混乱が頭の中で吹き荒れていて、真紘は落ち着こうとして浅く息を吸う。

「……今までのは、まともな治療じゃなかったのか?」

「全部がでたらめだったわけじゃない。勃起《ぼっき》できない原因の見立てや、食事の管理は真面目《まじめ》にやってた。それは、あんたもわかるだろ」

「ああ……」

「主治医に立候補したとき、下心はめちゃくちゃあった。あんたのペニスを見たい、あわよくば触って、いじりまわしたいって。だけど、そんなものがなくても俺は主治医になった」

目の前に苦しんでる病人がいたら、何とかしてやりたいって思うのが医者だから。

疑いを挟む余地のないきっぱりとした声音が、耳に深く響く。

「まともじゃなかったのは、データの採取と撮影と、素手《すで》の触診だ。状況の把握《はあく》に必要っちゃあ必要だったけど、要は俺がただやりたいから、やってたことだ。写真は夜のオカズにするために、毎回、色んな角度から撮《と》ってた。生えたての十代みたいなやわらかそうに光る陰毛を一緒に収めるのは必須だったし、尿道口やアヌスがいい感じでいやらしく開いてるところを撮れたときなんか、心の中でガッツポーズを決めまくりだった」

　自分を求めてくれる心が暴走してのことだと思うと、寄せた信頼を裏切られたとは感じなかったものの、驚く真紘の前で智佳は半《なか》ば開き直った表情で滔々《とうとう》と語る。

「サイズを測ってたのは、あんたがいつか結婚しても、その嫁が変態じゃない限り絶対に知り得ないだろうあんたのペニスの色んな状態の長さや直径の正確な数値を、俺は知ってるんだって根暗な悦《よろこ》びに浸ったり、カリの根元とか、裏筋とかにわざとメジャーをきつく巻きつけてちょっとしたプレイ気分に浸りたかったからだ。それから、触診のときに手袋をしなかったのは、あんたの感触を直接愉《たの》しみたかったからだ」

　特に亀頭《きとう》のもちもち加減が極上だったと報告し、智佳はうっすらと笑む。

　真紘は鈍く疼《うず》いたこめかみを押さえ、「なら」と問う。

「いつか泌尿器《ウロ》科へ転科するって話は……？」

「転科も、親父孝行がしたいって理由も本当だ。言ってないことはあるけどな」

「言ってないこと？」

「俺は、あんたに振られたからって、ほかの誰かと結婚するつもりはない。だから、親父に孫の顔は見せられない。その罪滅ぼしだ」

「……智佳。結婚詐欺二回って何だ？　俺は、一度もした覚えがないぞ」

様々な感情が綯《な》い交《ま》ぜになってなかなか考えが纏《まと》まらず、真紘は最初に頭を過《よ》ぎった疑問を口にする。

「お前と初めて会った日に、そこの花壇の前で、お前に結婚してくれって言われたのも、してやるって答えたのも覚えてる。だけど、お前が先に、俺から離れていったんだぞ？」

離れたくて離れたわけじゃない、と即座に強い口調が飛んでくる。

「俺はかなりのマセガキで、あんたがセックスのセの字も知らないときから、あんたとやることばかり考えてた。だから、まるっきりお子様で、結婚することの意味をわかってないあんたに苛《いら》ついた。傍にいたら我慢できずに押し倒しそうで、距離を置くしかなかった」

真紘が想像もしなかったことを吐露《とろ》し、智佳は眼差しに詰《なじ》る色を宿す。

「そしたら、あんたはある日突然、バドミントンに夢中になって、俺には見向きもしなくなった」

どうやら、バドミントンへの熱中が一度目の結婚詐欺らしい。再会してしばらく、智佳が見せていたバドミントンへの妙に非難がましい目は、だからだったのだろう。

「あのときの俺はガラスの思春期の入り口に立ってて、プライドの高さは、今の女王様なあんたの何倍もあったからな。俺なんて眼中にないあんたに縋《すが》りつくようなみっともない真似は、到底できなかった。かと言って、その鬱憤をぶちまけることもできなかった」

当時の智佳は、子供の頃に比べて口数が減り、態度もひどく素《そ》っ気《け》なくはなっていたものの、周囲を困惑させるような非行に走ったことはない。

思春期の子供の繊細さと暴力性を併《あわ》せ持《も》つ心の取り扱いに日常的に苦労している真紘は、つい状況を忘れ、「よくグレなかったな」と感嘆をもらした。

「毎晩、盗んだあんたのパンツでオナニーに耽って、鬱屈を発散してたから」

「……何?」

「あんたのパンツ、昔は、母さんが買ってきた白のブリーフだっただろ。全部同じだったから、週一で一枚盗んでも気づかれなくて、便利だったのに」

聞こえてきたその言葉に、思わず眉間にぐっと力が入る。少し前に、医局で宮本と話をした際に抱いた疑問を思い出したのだ。智佳はなぜ、今の自分の下着の趣味を知っているのだろう、と。

あのときはただ不思議だったけれど、今なら理由がわかる気がする。

「おい、ちょっと待て。兄さんの下着……、まさか、あれ、お前か?」

智佳はあっさり「ああ」と認める。

「帰ってきた日、物干し場へ物色しに直行して、驚いた。右を向いても、左を向いても目がおかしくなりそうな趣味の悪いパンツばっかで、そこに確かにあるはずのあんたのパンツがどれなのか、さっぱりだったからな」

智佳は、うっかり夜這いをかけたりしないよう、自分を抑止《よくし》するためにどうしても真紘の下着がほしかったらしい。そうして、離れへの侵入も真面目《まじめ》に考えはじめた矢先、真紘の秘密の主治医となったそうだ。

「だけどさ、診察中はパンツよりも中身を見ることに必死で集中してるから、いつもあんたがどんなのをはいてるのか確かめ忘れて、あとで地団駄踏んで後悔してた」

そんなとき、真紘が今はピンクを好んでいると知り、智佳は休憩中に病院を抜け出し、その日の物干し場で一枚だけ風に揺れていたピンクのパンツを盗ったのだという。

「確証はなかったから、一応、使わないでおいて助かった」

裕一のものだと判明してすぐに下着を庭に捨てたらしい智佳の、反省の色など微塵もない様子に、真紘は呆れた。眩しいほどの清涼な輝きを宿していたあの美少年が、不埒《ふらち》な目的のために「週間パンツ泥棒」となっていたことを知り、心の底から驚いた。

けれども、呆然とした驚きの底からやがて、じわじわとべつの温かな感情が溢れてくる。

「……じゃあ、二回目は？　そっちは、まるで心当たりがない」

あんたが高三に上がった春休み、と智佳は早口で告げる。

「風呂上がりに親父用の酒入りゼリーを間違って食って酔っ払って、あんたは台所でひっくり返ってた。親切で部屋まで運んでやったのに、礼もなしで煩《うるさ》く絡んでくるから、『ウゼえ』ってベッドへ蹴り飛ばしたら、あんたは『昔は、結婚して～って俺のあとをぴよぴよついて回ってたくせに、可愛くない』って怒ってさ。てっきり、あんたの中じゃ、もうとっくに抹消《まっしょう》された記憶だろうと思ってたから、驚いた俺に、あんたは『忘れるわけないだろ』って、すげえ色っぽい目で笑った」

淡々と語る智佳と視線が絡んだ瞬間、夢で何度も見た、透き通るように美しい少年の驚いた顔が、脳裏に鮮やかに浮かび上がった。

——じゃあ、約束守ってくれるのか?

——生意気なこと言わなけりゃな。

——親父たちが反対しても?

——そのときは、駆け落ちしよう。

「親父たちが反対したら、ふたりで駆け落ちするしかないけど、その先でちゃんと暮らしていけるようにまずは医者になろう、ってあんたは言ったんだぜ? 酔ってるくせにやたら冷静に計画的なことを口にして、キスまでしてくれたから、こっちはもうすっかりあんたを手に入れられたつもりで、舞い上がった」

智佳と将来を誓《ちか》い合《あ》ったあの夢は夢ではなく、現実だった。初めての口づけを、智佳と交わしていた。そうわかり、胸を震わせた真紘を見つめ、智佳がふっと微笑む。

「そのあと、あんたはキスの途中で寝て、次の日は俺が起きる前の朝っぱらからさっさと部活に行ったからな。幸せで夢見心地なのに、蛇の生殺しみたいな変な感じだった」

口元に湛《たた》えられた優美な笑みが、かすかなひずみを帯びてゆく。

「あの日、俺は、夜になったらまた続きができると思って、馬鹿みたいに浮かれてた。だけど、夜が来る前に、あれはただの酔っ払いの戯言《たわごと》で、あんたの本音は『ホモはキモい』だって知って、天国から地獄へ突き落とされた気分だった。素面《しらふ》のあんたを求めたら、俺もあの男と同じような目に遭うのかと思ったら、あんたには近寄れなくなった」

あんたに疎《うと》まれるのが死ぬより怖かったから、と智佳は静かに言った。

「ぬか喜びさせられて恨みもしたが、あんたのことが好きでどうしようもなかった。だから、あんたと駆け落ちするような日なんて来るはずがないってわかってるのに、未練がましく医者になる道を選んだ。女ができて嬉しそうにしてるあんたと同じ家にいるのが辛くて、自分から遠くへ離れたのに、毎日あんたに会いたくてたまらなかった。だけど、メールの一行すらくれないあんたに腹が立って、意地でも二度と会うものかって気持ちもあった」

「じゃあ、何で帰ってきたんだ?」

自分でもよくわからない、と智佳は苦笑して首を小さく振った。

「親父に、あんたが年内に結婚するかもって聞いて、とにかく居ても立ってもいられなくなったんだ。俺と先に約束したくせにって詰りたかったのかもしれないし、見合い相手にデレデレ鼻の下伸ばしたり、三十過ぎて不細工に老けてるあんたを見て幻滅して、気持ちに区切りをつけたかったのかもしれない」

額や頬に落ちかかって影を作る長めの髪を無造作にかき上げ、智佳は真紘を見つめる。

「ま、実際に十年ぶりに会ってみたあんたは、もう一種の化け物並みにぞっとするくらい綺麗で、幻滅するどころか、一瞬で悩殺されて、無様に惚れ直したけどな」

「とても、そんな態度じゃなかったぞ、お前」

「そりゃ、うっかり顔に出して、『キモい』を連発された日には、本気で死にたくなるからな」

自嘲するように笑った唇から、淡い息が落ちる。

「なあ、真紘。最初の何日かのことは、謝っただろ。そのあとは、どんなに足蹴にされても、俺は健気《けなげ》に耐えてただろ。あんたが俺に散々気を持たせておいて、本当は理想の才色兼備と結婚するために俺を利用してるだけだったり、マジのホモ嫌いだってことを思い知らされても、ちょっと歳食ったおっかないお姫様の騎士をちゃんと続けてただろ。だから、その褒美《ほうび》と、結婚詐欺の慰謝料をくれ」

一度だけでいいから、と真剣に乞う男に何から話せばいいか迷いつつ、真紘は口を開く。

「見合いのことは、父さんに考えさせてくれと言っただけだぞ」

「……見合い相手は、理想の才色兼備だって喜んでたじゃないじゃないか。一昨日の朝、医局で」

「相手をするのが面倒だったから、適当にあしらっただけだ」

あのときの会話を立ち聞きしていたらしい智佳の誤解を、真紘は苦笑してほぐす。

「それに、俺はべつに、同性愛に偏見なんて持ってない。高三のときは、最後のチャンスのインターハイに出られなくなるかもって思って、そっちにキレたんだ」

「じゃあ、昨夜、男同士は気色悪い、あり得ないって言ったのは、何なんだよ？」

「自衛の嘘だ。本心を勘づかれて、お前に気持ち悪がられるのは嫌だったからな」

真紘が放った言葉の意味を探るように目を眇《すが》めた智佳の首が、わずかに傾く。

「なあ。また、このあとに俺を奈落《ならく》へ突き落とす嫌なオチがあったりするんじゃないよな？」

「知りたきゃ、してみろよ。三度目のプロポーズ」

双眸に濃い不審を浮かべる義弟を、真紘は睨《にら》んで命じる。

「前の二回と違って、お互いいい大人なんだから、はっきりした答えが出るぞ」

「……あんた、十年間、一度も連絡をくれなかったじゃないか」

「お前がしてこないのに、何で、俺からしなきゃならないんだ」

喜びと面映《おもは》ゆさ。そして、今までひとりで抱えこんできた、けれどもたぶん、明日の朝には跡形もなく消えてなくなっているだろう心の重く冷たい痛み。

それらをすべてこめて、真紘は「ふざけるな」と智佳の膝を蹴った。

「俺を好きなら、さっさとそう言え。先にプロポーズしてきたくせに、お前が何も言わないから、ややこしいことになったんだぞ。キスをした夜のことは夢だと思ってたし、それに、」

だんだんと胸が昂《たか》ぶってきて、真紘は言葉を詰まらせる。

「俺だって、苦しんだんだ。ひとりで被害者面《づら》するなっ」

感情の高波に引きずられるように、真紘は溜めこんだ心の澱をすべて吐き出した。

自分にはもう何の関心も持ってくれない義弟への恋を自覚してからの日々が、どんなに辛かったかを。愛せないとわかっていながら、女に寄りかかり続けた自分の弱さと醜《みにく》さを。

そして、EDになった本当の理由を。

「お前が俺を放っておくから、こんなことになったんだぞっ。どうしてくれるんだ！」

激情に任せて叫ぶと、智佳はなぜか「ちょっと待っててくれ」と真面目な顔で告げて部屋を出ていき、一分ほどで戻ってきた。その腕には、ぎっしりと鮮やかなオレンジ色の花を抱えていた。前の花壇から根こそぎ摘み取ってきたらしいそれは、母親のお気に入りのマリーゴールドだった。

「お前、その花……。母さんが絶対に角《つの》生やすぞ。大事に世話をしてたのに」

「手ぶらでプロポーズじゃ、かっこつかないだろ」

あとで怒られる、と肩を竦《すく》める。

「もし半月経《た》ってもいい変化がみられなかったら、経口薬を準備するつもりだったけど、あんたのEDの特効薬は、レビトラでもシアリスでもバイアグラでもない。俺だ。俺とこれから毎日愛し合えば、あんたのEDはきっとすぐに完治する」

だから、と智佳は真紘の足元に恭《うやうや》しく跪《ひざまず》く。

「世界一美しい女王様な真紘様。どうか俺と結婚してください」

「……ぶっ飛ばすぞ、智佳」

「あんたが俺のものになってくれるのなら、何をされても嬉しくて興奮する。ぶっ飛ばされても、蹴られても、踏みつけにされても」

「俺は、そんな変態マゾとは結婚したくない」

「でもさ、真紘。短気で熱血でわりと乱暴者な女王様の忠実な騎士をやるには、結構Mっ気って必要だと思うぜ?」

つやめく煌《きら》めきを湛えた双眸が、あでやかにたわむ。

「今日は肝心なときにそばにいてやれなくて、悪かった。こういう仕事だから、これからもあんたより、患者を優先しなきゃならないときもきっとある。だけど、心はずっとあんたの隣に置いておくし、俺にとって真紘より大切なものはこの世にない。何ひとつ」

胸に優しく響く言葉が嬉しくて、目の縁《ふち》がじわじわと潤《うる》んでゆく。堪《こら》えきれずに瞬くと、熱い雫《しずく》がこぼれた。

「あんたは危機が降りかかってきたら、騎士の登場を待ってくれずに自分でせっかちに撃退する強い女王様だけど、それでも俺はあんたを守りたい」

端整な容貌《ようぼう》を凛《りん》と引き締めて宣言し、智佳はすっと伸ばした指先で真紘の頬を伝う涙を拭う。

「なあ、真紘。俺は、あんたの人生の騎士になりたい。俺に、死ぬまでずっと、あんたの隣にいられる許可をくれ」

震えて上手く紡《つむ》げない声で「許可する」と告げ、真紘は差し出された花を受け取る。

そのとたん、逞《たくま》しい腕に花ごと身体を抱きしめられた。

「愛してる、真紘。愛してる」

恍惚感《こうこつかん》と高揚感の入り混じった眩暈《めまい》を覚えつつ、真紘も抱きしめた。甘い香りの漂《ただよ》うやわらかな愛の言葉と、胸から溢れてくる幸せと、ほしくてたまらなかった男の広い背とを一緒に。

「俺も……。俺もお前を愛してる。ずっと……、ずっと、好きだった」


ベッドの縁《ふち》に腰を掛けて見つめ合い、唇をそっと重ねるだけのキスをしたあと、智佳は「せっかく摘んだから、活《い》けてくる」と笑って、花を持ってキッチンへ行った。

流し台の収納棚から取り出したバケツに水を張り、そこへ花を入れた智佳は、優美な動作でネクタイをゆるめながら戻ってきた。引き抜いたネクタイを床に落として上着と靴下を脱ぎ、智佳は真紘の前でワイシャツのボタンを外しはじめた。

智佳は黙っているし、最後にセックスをしたのはもう三年も前だ。ただ緊張するばかりで、ベッドでの自然な振る舞いをなかなか思い出せない。どうしようと迷ったが、その戸惑いはすぐにかき消えた。眼前で露《あら》わになってゆく愛しくてたまらない男の美しい体軀に、目と思考を奪われたからだ。

しっかりとしているのに、どこかなまめかしい骨格。がっしりとした厚みはなく、どちらかと言えば細いものの、強靭《きょうじん》な硬さをはっきりと感じさせる腕や腹部の筋肉。瑞々《みずみず》しいなめらかさを宿す若い肌。

「そんな色っぽい目でじっと視姦《しかん》されると、それだけでイきそうだ」

スラックスのベルトを外していた智佳が、ふと顔を上げて唇をほころばせる。

「……べつに視姦なんて、」

してない、とこぼそうとしたとき、智佳が下肢を覆《おお》っていた布地をすべて取り去った。その下から現れた、隆々とした赤黒い漲《みなぎ》りに驚き、発しかけた声が喉にひっかかる。

今まで上半身の美しさに見惚れて気づかなかったけれど、智佳の雄《おす》はすっかり猛っていた。

「イきそうだ」というのは、ただの冗談などではなかったようだ。真紘のものよりも遙かに長く、非常識なまでに太いそれは、下腹につくほどに反り返っている。あからさまに血管を浮き立たせて脈動し、先端はもうすでに卑猥《ひわい》なぬめりを帯びててらてらと光っていた。

まだ何もしてないも同然なのに、智佳はひどく興奮している。それだけ深く、激しく想われていることが嬉しくて、下肢に熱い疼《うず》きが芽吹いた。

「真紘……」

ベッドの縁に片脚を載せて身を屈《かが》めてきた智佳に、頤《おとがい》を掬《すく》われる。

目を閉じると同時に、唇を重ねられた。最初は優しいだけだった口づけはすぐに荒々しいものになって真紘の息を苦しくし、体温を上げた。

「んっ、……はっ、ん……」

舌を絡め取られ、強く吸われ、混ざり合った唾液が唇の端からこぼれて顎から喉へと伝い落ちてゆく。

頭の芯がゆらゆらと回るような酩酊感《めいていかん》に背をしならせたとき、智佳の温《ぬく》もりがふいに離れた。

「真紘。あんた、もう泳ぐの、やめろ」

「何で……?」

「水に入ると、乳首が勃つだろ」

こんなふうに、と智佳は、真紘の浅く上下する胸部を見開いた目で凝視する。

「花みたいなピンク色をして、つんつんに膨れて尖って、ぷりぷり光ってるいやらしい突起を見たら、男は誰でも触りたくなる。あんたの乳首は、犯罪を呼ぶ魔性の乳首だ」

凄みすらある真顔で強く断じられ、真紘はぽかんと瞬く。

「今日から、この乳首は俺以外の前では絶対に出すな。いいな」

「……今までプールで危険な目に遭ったことはないし、今回はかなりのレアケースだろ。男の乳首なんて、普通は誰も意識しない」

「そんな馬鹿なことが、あるか。現に俺は、意識しまくってるぞ」

真剣に告げられてふと見ると、智佳の勃起は先ほどよりもさらにくっきりと血管を浮かせて太く猛り、滲《にじ》む先走りのぬめりが幹にまで広がっていた。

「……お前の前で出すのが、一番危険な気がする」

凶悪な雄の変貌に息を呑み、後ろへ逃げようとした真紘の胸元へ、智佳が両手の人差し指を伸ばしてくる。

だが、智佳の指は、赤い膨らみの先端に触れる寸前、ぴたりと止まった。その指先から流れてくる男の熱を薄い皮膚が敏感に吸収し、ひくついた乳首がぴんとこごりを増して突き出た。まるで、自ら智佳の愛撫を求めて近づくように。

「こっちはEDの心配はないみたいだな」

智佳が舌なめずりをする獣の目で笑み、「触るぞ」と指先を押し出す。

刹那《せつな》、両胸の尖りのいただきだけを、内側から外側へとそろりと撫でられた。

「——はっ、ぁん」

愛撫と言うにはあまりに弱い刺激だったのに、蕩けた喘《あえ》ぎが高く散った。

自分のものとはにわかに信じがたい嬌声《きょうせい》に狼狽えた次の瞬間、今度は突起の先に指の腹を押し当てられて、くるくると捏《こ》ねられた。智佳の動きに合わせてしこった乳首が根元から回ってよじれ、甘美な疼きが胸に広がって鼓動が速くなる。

「んっ、あ……っ、ぁ……」

「すげえな、あんたの乳首。弾いたら音がしそうなくらい、こりっこりに硬く尖ってる」

「ば、馬鹿……っ。そんなわけ、……んっ、ある、かっ」

「じゃ、試してみようぜ」

正面から乳首を押し捏ねていた指が、ついでのように乳暈《にゅううん》の縁をぐるりとなぞってから、位置を変える。

「んっ……」

智佳は、真っ赤に充血して震えるこごりの下へ指の腹をさし入れると、感触でも確かめるふうに一度、勢いよく弾き上げた。そして、ぷるりと上を向いた乳頭をぎゅっと摘まんで引っ張ったあと、その刺激を悦んで色づきを濃くした乳首を力強い速さで爪弾きはじめた。

「あぁっ！　あっ、あぁん！　あぁ……っ」

乳首からはもちろん音などしなかったけれど、智佳の指でぴんぴんと弾き転がされるたびに、真紘の口から湿った声がこぼれ出た。

身体をかき鳴らされでもしているかのような感覚がたまらず、ベッドの縁に腰を掛けた姿勢がだんだんと辛くなる。真紘は両脇に突いた手の先にきつく力をこめ、腰をくねらせた。

「眸《ひとみ》がふやけたみたいに潤んでるぞ、真紘。俺に乳首をいじられるの、気持ちいいか？」

頭上から振ってきた猥褻《わいせつ》な質問に抗議したり、恥じらったりする余裕はなかった。

「いい……。あっ、んっ……。気持ち、いい……」

真紘は蕩けた視線を、前に立つ男の雄々しく美しい裸体に熱っぽく這わせる。

体内を巡《めぐ》る悦楽に下半身の力を奪われ、我知らずしどけなく脚を開いて「気持ちいい」と繰り返したときだった。下肢の中央で色づいていた性器が痙攣《けいれん》しながら膨れ、根元からぐんとしなり勃《た》った。

「真紘……」

意図せず、見せつけてしまったあられもない勃起《ぼっき》の瞬間に、智佳の目が強く煌めいた。肌に重く纏わりつく露骨な情欲の光に、本能的な怯《おび》えが湧いた。だが、逃げる間もなかった。ベッドの上へ飛びのってきた智佳に押し倒され、脚を左右に大きく割られた。

「乳首だけでこれだけ勃ってるんだから、今日はびしゃびしゃ射精できそうだな」

熟し具合を確認する手つきで智佳が、赤く腫《は》れた真紘の茎を握る。そのとたん、蜜口が開いて、透明な淫液《いんえき》が細く噴き上がった。放物線を描いて飛んだそれは、智佳の脈打つ怒張にぴしゃりと落ちかかった。

「なあ、真紘。これから……、そうだな、とりあえず二週間、毎日必ずセックスしよう」

言いながら、智佳はそそり立つ剛直に付着して、赤黒い皮膚をぬらぬらとなめらかに光らせる真紘の蜜液と自分の先走りとを掌で嬉しげに混ぜ合わせる。

ひけらかすように扱《しご》く動きを大胆にする智佳の手の中で、屹立《きつりつ》はまたも凶暴に形を変えた。真紘のそれよりも一回りは大きいだろう陰嚢《いんのう》も、ずっしりとした重さを誇示して揺れていた。

「で、毎回勃って、気持ちよく射精できたら、EDは完治ってことで治療は終了だ」

「……毎日そんなものを突っこまれたら、完治の前に死にそうだ」

「頭の中がスケベ心で埋めつくされてても、一応は医者だから、あんたの身体が壊れるような無茶はしないさ。だけど、毎回、お花畑な天国へつれてってやるよ」

優しく、妖艶《ようえん》で、だがひどく獰猛《どうもう》な笑みを湛えて胡座をかくと、智佳は真紘の両脚を抱えて自分の胸の前へ引き寄せた。

「――んっ」

背中が智佳の脚の上に乗り上げ、義弟の精悍《せいかん》な顔のすぐ下で秘所があられもなくあばかれる。

逆さまに垂れ、ものほしげに震えるペニス。その根元にたぷんと貼りついた蜜の袋と、襞をぞろぞろとはしたなく蠢《うごめ》かしている蕾《つぼみ》。真紘のすべてはもう何度も、あらゆる方向から智佳に観察されている。窄まりの内部もすでに曝《あば》かれているし、慣れた視線のはずなのに、今は見られることが無性に恥ずかしい。

咄嗟に腰をよじって逃げようとした。だが、それよりも早く、智佳が真紘の脚を抱えたまま手を動かし、ぬるつく指で花襞の表面をぐるりと押し撫でた。

「あぁっ」

足先に甘い痺《しび》れが走り、頭上から胸元へ自分の勃起が吐きこぼした蜜液がつっと透明に粘る糸を引いて垂れてきた。

「あんたのEDを治してやりたいって医者としての気持ちは、ちゃんとあった。だから、いい反応が出たときは嬉しかったけど、でも正直、それだけじゃなかったんだよな」

告げて、智佳は硬い指先をほんの少し、襞の窪みにめりこませては引き抜く動きを繰り返し、肉の環《わ》をぬぷぬぷとほぐした。

「あっ、あぁっ、は……ぁ……っ」

「治ったら、もうあんたに触《さわ》れないし、治療だって、そもそもはやっと出会えたストライクゾーンの女と見合い結婚するために一念発起して受けるのを決めたんだって思ってたから。俺の繊細な男心は、まさに千々に乱れてたんだぜ、真紘」

どこか芝居がかったそんな言葉を紡ぐ間も、智佳は真紘の蕾の入り口をぐちぐちと指で突き刺し、潤みを含ませた襞をめくった。

「あっ、ん……っ。お、俺が、悪い……っ、みたいな、言い方、する、なっ」

睨んで、抗議をしたつもりだった。けれども、喘ぎ混じりの声も、放った眼差しもどうしようもなく甘く蕩けてしまっていて、ほころんだ襞はもっと奥への刺激をほしがって智佳の指にきゅうきゅうと吸いついた。

「俺の、気持ちは……、お前以上に、複雑だったんだっ。好きな男に触られて、死ぬほど気持ちがいいのに……っ、死ぬほど悲しかったんだぞっ」

「わかってる。だから、勃ったり、勃たなかったりだったんだよな」

智佳は指を抜き、真紘の小ぶりな白い臀部《でんぶ》にそっと口づける。

「もう二度と、そんな想いはさせないから。今まで悲しませたぶん、これからはあんたがそんな気持ちになる暇がないくらい、あんたを愛して、抱いて、大事にするから」

肉づきの薄い双丘のあちこちに小さなキスを散らし、智佳は真摯に笑んで誓《ちか》う。

「あんた、つき合った女はひとりだけなんだよな？　セックスの相手も、その女だけなのか？」

「そう、だ……」

頷いた直後、真紘の双丘のはざまに額を擦りつけ、智佳が「くそっ」と低く呻く。

「今、十年前の自分を殴り倒したい気分だ。犬の餌《えさ》にもならない無駄なプライド抱えてあんたから逃げなきゃ、あんたの初めては全部俺のものだったのに」

表情を渋く曇らせる男を見上げ、真紘は淡く苦笑する。

「そういうお前のほうは、どうなんだ？」

「……好きになったのは、昔も今も、あんたひとりだ」

智佳の眼差しがふいに落ち着きなく揺れて、ある疑念を誘う。

「もしかして、女だけじゃなくて、男とも経験があったりするのか、お前」

「……あんた以外には誰にも、愛しているって言ったことはない」

自分とはずいぶん違うらしい経験の豊富さが言外に漂っていて、胸を小さな棘《とげ》が掠めたような気がした。だが、感じたかすかな痛みは「もう死ぬまでずっと、あんただけだから、許してくれ」と乞われて、ふわりと溶けてしまった。

「愛してる、真紘。おかしくなりそうなくらい、あんたが好きなんだ」

「なら、それをちゃんと態度で示せよ」

笑んでこぼしたその言葉に真紘がこめたのは、「自分を一生大切にしてくれ」という意味だった。

けれども、若い年下の男はそこにべつの意味を見出《みいだ》したようだ。智佳のあでやかな美貌が一瞬で、獲物を前にした獣の色に覆われる。

「あんたの主治医になってから、ただ見て、手でちまちま触るだけじゃなくて、ずっとこうしたくて、たまらなかった」

濃い劣情を全身から迸《ほとばし》らせて告げ、真紘の脚を抱え直すと、智佳は眼前でぱっくりと開いた下肢の中央にむしゃぶりついてきた。

「あんたのこの秘密の花園の色がたまんなくて、いつもこっちが勃ちそうで、我慢するのに本当に必死だった」

息を荒く弾ませて言う男の尖らせた舌先で、陰嚢の根元から秘所の窄まりまでの間を、何度も強く、えぐるように舐められる。

「あぁっ！」

会陰《えいん》を、弾力のある熱いものがぬめぬめと上下するまったく未知の感触に、真紘は狼狽えた。

性器ではない場所への舌技が、もどかしいと同時に恥ずかしかった。だが、智佳の腕にしっかりと押さえつけられていて身動きがとれず、ただ身を震わせてよがるしかなかった。

「……あ、あ、あぁっ」

「あんたのここ、想像した以上で、癖になりそうな味と舌触りだな」

猥《みだ》りがわしい水音を響かせてひとしきり会陰の表面を舐め回した智佳は艶然と笑んで、今度は食《は》む勢いで激しく陰嚢に吸いついてきた。

「——ひぁっ」

男の口に陰嚢を含まれ、皮膚越しに中の双果を舌でもてあそばれ、頭の奥で歓喜が渦巻く。

腰を淫らに揺らして喘ぐたびに、陰嚢の敏感でやわらかな肉が、智佳の高い鼻梁《びりょう》に突かれて、散る声が高くなる。

「あっ、あぁんっ。は……っ、智佳っ、……とも、よしっ」

鼻にかかった甘えた声で智佳を呼ぶと、ふいに左脚が下ろされた。姿勢が不安定になり、バランスをとろうとして咄嗟に下腹部に力を入れた瞬間、智佳の指が躊躇《ちゅうちょ》のない力強さで真紘の蕾を刺し貫いた。

「あぁっ！」

きっと、窄まりがはしたなくほどけていたのだろう。智佳は内部をたった一度往復しただけで指を二本に増やし、速い律動を始めた。

細くて硬い異物を呑みこんだ腰がびくびくと淫靡《いんび》にくねり、赤味を増したペニスの先端から押し出されるようにして溢れ出てきた滴《したた》りが真紘の胸を生ぬるく濡らす。

「あっ、あぁ……っ、あ、んっ、あっ……」

内部へ沈んだ指に官能の膨らみをこりこりとひっかかれ、その悦びに蠕動《ぜんどう》する内壁を大胆な動きで擦られては生まれる熱が全身へ燃え広がり、膨張してゆく愉悦に視界が霞む。

「も……っ、駄目、だっ。智佳、……智佳っ。いくっ。いくっ」

肩をねじり、首を振って限界を訴えた直後、智佳の手がするりと後孔から出ていった。

あと一歩で快楽の極みの階段をのぼりきることができたのに、そこから宙へ放り投げられたようだった。

「――やっ、智佳っ」

唐突に襲ってきた大きな喪失感に混乱し、真紘は腰をせり出して智佳の背にきつく脚を絡ませた。そのはしたない格好を冷静に自覚する余裕もなく、腰を揺すり回しながら、広げた会陰の潤みを智佳の硬く引き締まった腹筋になすりつける。

「魔性フェロモン全開のおねだりだな。暴発しそうだ」

苦笑いをして、絡まる脚を外すと、智佳は膝立ちになって真紘を見下ろした。その下肢では、淫液をぐっしょりと纏って光る太くて長い怒張が、猛々しく反り返っていた。

「あんたも、ぬるぬるだな」

智佳は、蜜を孕《はら》んで濡れる真紘の鈴口を指の腹で撫で回し、潤み具合を確かめる。

「約束通り、突っこんだ瞬間にあんたを昇天させてやるから」

「……反則だろ、それ。俺、もういきそうなのに」

「そうなってても、下手なやつに無理やり突っこまれたら、萎《な》えて、イけないぜ？　だけど、その点、俺は上手いから、安心しろ。あんたに、痛い思いは絶対にさせない」

自信たっぷりに宣言し、智佳は硬度の調整でもするかのような仕種で、そそり立つ肉の杭《くい》を扱《しご》く。

長い間、想いを募《つの》らせた男とようやくつながることができる悦びと、与えられようとしている甘い悦楽への期待。そして、あまりに凶暴すぎる猛りへの怯えが入り混じり、ひくひくと震えた襞に熱塊《ねっかい》の切っ先が宛がわれる。

「なあ、真紘。俺の前立腺マッサージ、下手じゃなかっただろう？」

熱い息づきをそこへ押し当てたまま、智佳が唐突に問う。

「え？」

「さっき、気持ちよかっただろう？」

「あ、ああ……。よかった……」

「そうか。だけど、これで擦って、突いて、えぐったら、もっと気持ちいいぞ」

扇情的な獣の笑みとともに降ってきた言葉に期待が噴き上がり、真紘は小さく喉を鳴らした。

けれども、智佳はすぐには挿入しなかった。雄の侵入の気配に狼狽え、くぱくぱと喘ぐ蕾の表面を熱くぬるつく先端で上下に擦ったり、花襞の周縁をぐるぐると押しなぞるばかりだ。

「あ、あ……」

めくれた襞の内側に智佳を感じるたびに、真紘のペニスは淫猥にくねりながら白い濁りを孕んだ蜜を垂れこぼした。なのに、智佳はいつまでも、真紘を焦《じ》らし続ける。

「――智佳っ、ふざけるなっ」

膨れ上がる焦燥感に我慢ができなくなり、眦《まなじり》の縁を濡らして叫んだ真紘を見つめ、智佳が美しい微笑を湛える。

「そんな怖い顔するなって。いよいよあんたが俺のものになるのかと思うと、夢みたいに幸せだけど、処女開通はこの一回きりだから、いざとなると何だか突っこむのがもったいないような気がしてさ」

「……お前、馬鹿じゃないのか?」

「恋に溺《おぼ》れてる男は、みんな馬鹿だぜ、真紘」

うっとりと笑んで、智佳は亀頭の先をほんのわずか、真紘の中に埋めた。

襞がきつく押し伸ばされ、入り口部分の媚肉がにゅるりとひしゃげる。腰骨に鋭い疼きが響いて、真紘は内腿を強張らせる。

「あぁっ……。智佳……」

男を求めて切なくわなないた唇を、覆い被さってきた智佳にそっと啄《ついば》まれる。

「ふんぎりがつかないから、命令してくれ、真紘。シビれる女王様口調で、『今すぐ突っこめ！』って」

先端だけをめりこませた状態で腰をゆったりと回され、羞恥《しゅうち》も躊躇いも灼《や》き切《き》れた。

「あっ……ん。つ、突っこめ、智佳っ。早くっ！」

高く声を放った瞬間、潤んで熟した肉洞をみっしりと張りつめた熱塊で、重く、強く突き刺され、貫かれた。

「――あぁ！」

纏うぬめりに載って隘路の抵抗を強靱に跳ね返し、内部へずぶずぶと沈みこんでくるそれは、指などとは比較にならない衝撃をもたらした。

ねじりこまれた圧倒的な質量に身体が驚き、一瞬、息が止まりかけた。粘膜が灼かれ、爛《ただ》れるような強烈な感覚は、電流めいた痺れを生んで全身を震わせた。

だが、智佳の宣言通り、苦痛などどこにもなかった。初めて知った智佳は、とても熱くて、愛おしかった。

「あっ、は……っ、やっ、あぁぁん……っ！」

分厚く張り出した亀頭の硬い縁で、やわらかくぬかるむ内壁をごりごりとえぐられ、最奥《さいおう》まで一気に串刺しにされると同時に、真紘は背を大きくしならせて遂情《ちくじょう》した。

「ああっ、あっ、あっ……！」

待ちわびた雄を体内に受け入れた歓喜に、焦らされて強いられた我慢からようやく解放された悦びが重なった放埒《ほうらつ》は、ただでさえ噴き上がった瞬間から激しかった。

なのに、絡みつく襞の感触にひどく気持ちよさげに双眸をたわめる智佳は、狂おしい痙攣のさざ波を広げて収縮する粘膜を剛直でかき回し、ごつごつと突き上げる動きを止めなかった。

「……真紘っ」

上擦《うわず》った吐息を漏らす智佳の怒張は、真紘の狭い肉洞をみっしりと満たしており、どんな角度で出入りをしようと、官能のこごりは的確に擂《す》りつぶされた。

肉襞の中に秘めていた弱みを、愛おしい男の熱で炙《あぶ》られ、圧倒的な質量でぐりりとなぶられるのは、たまらない快感だった。そのせいで、真紘の性器はびくんびくんとくねり揺れ、開ききった秘裂からはねっとりとした白濁がいつまでもびゅるびゅると垂れ続けた。

「なあ。俺で擦るのは、指とは比べものにならないくらい気持ちいいだろ？」

落ちてきた囁きに、真紘は高い喘《あえ》ぎを返す。

「あっ、あ……。や、あっ……ん」

「真紘。もっとよがらせてやるから、気持ちいいって言ってくれ」

「――いいっ。気持ちいいっ」

そこを間断なく責め掘られ、悲鳴を放つと、さらにぐりぐりと熱塊を愉悦の芽に擦りつけられた。

「ああっ。智佳っ、そこは……っ、そこは……。あっ、あっ、あっ！」

「そこは、何だよ？」

ずん、と媚肉《びにく》の中に怒張の先を重くめりこませるようにして、智佳が問う。

「ああっ！　気持ち、いい……」

「俺のペニスも、気持ちよくてたまらないって言ってくれ」

「お、お前のペニスも、すごく……っ、気持ちいいっ。よくて、たまらないっ」

智佳の見せた自信が正しかったことは、もう十分に思い知った。前立腺を執拗《しつよう》に突きこまれるたびに蜜口から精液が四方へ飛び散り、おかしくなりそうだった。

瞼の裏で次々と弾けた目を眩ませる法悦《ほうえつ》の火花を、どうにかしてほしい。その一心で腰を躍らせて啜《すす》り啼《な》いた瞬間、智佳が真紘の中で肉茎をぶるんと猥りがわしく脈動させた。

「——やっ。お、きい……！」

自分の体内に埋まって荒々しく律動する雄が凶器へと変貌する瞬間をまざまざと感じ、真紘は仰《の》け反らせた喉《のぞ》からあられもない嬌声を散らした。

硬度と嵩《かさ》を露骨に増した雄の変化に驚き、収斂《しゅうれん》しようとした粘膜に、また内側から重い圧力がかかる。

「あっ、あぁっ、……広げるな！　……そ、んなっ、広げるなっ！」

「……っ。もうちょっと、もつと思ったのに、あんたの中がよすぎて無理みたいだ」

律動を緩慢《かんまん》にして呟きをもらした智佳の、真紘の脇に突いた腕の筋肉がぐっと大きく蠢く。強い力がこもったのがわかり、真紘は喘ぐ吐息を震わせる。

「あんたを俺にメロメロにさせて、俺以外とはセックスができない身体に作り替えてやるつもりだったのに、それより先に、俺があんたじゃなきゃ勃たなくなりそうだ」

淡く苦笑して、智佳は腰遣いを唐突に猛々しいものに切り替える。

容赦《ようしゃ》のない速さと強引さで真紘の中を蹂躪《じゅうりん》しはじめた脈打つ杭は一突きごとに硬く膨張し、雄の征服を受けるときがもう間近いことをまざまざと知らしめた。

「あぁっ！　あっ、あっ……！」とも、よし……っ、智佳！」

経験したことのない興奮に、肌が燃え上がる。男の名前を呼べば、体内をえぐり突く抽挿《ちゅうそう》も雄々しく、情熱的になる。いつの間にか撒《ま》き散《ち》らす精をなくして、やわらかくなっていたペニスをくたくたと振り回し、真紘は腰を振り立てて歓喜にのたうった。

気が遠のきそうなほどの甘い衝撃に、わけがわからなくなる。穿《うが》たれながらシーツをかきむしり、「硬い」、「太い」と啼き喘いでいると、やがて「真紘」と低い呻きが降ってきて、重く苛烈《かれつ》な一撃を深々と打ちこまれた。

「あっ！　あ、あ……」

最奥で智佳が弾け、夥《おびただ》しい量の熱い粘液を凄まじい勢いで噴出した。

潤んで爛熟《らんじゅく》した内部をさらに濡らしてぬかるませる重い奔流《ほんりゅう》を受け止める感覚は、腰骨が蕩け、全身が霧散しそうに甘美だった。真紘はたまらず、智佳の背に縋《すが》りつく。

逞しい腕に優しく抱き返され、「愛してる」と囁かれながら、唇や頬に小さなキスを受けた。しばらくはそのまま甘く睦《むつ》み合《あ》い、互いの息が整った頃、智佳が太さも張りも失われていない熱い漲りを抜き取り、真紘をうつ伏せにした。

腰を上げるよう求められ、従うと、慎みを忘れてほころんでいた蕾が、放たれた愛の証《あかし》をとろとろと吐きこぼした。粘りつく流れが会陰から陰嚢を伝って垂れ落ちていく初めての感覚に、真紘は足先をぎゅっと丸めた。

「真紘。あんたの中から俺のが出てるの、わかるか?」

「ああ……」

「これで、あんたは俺のものだ」

智佳の口調があまりに嬉しげで、真紘はふわふわと面映《おもは》ゆい気分になる。

「馬鹿……」

「言っただろ。俺はあんたにとち狂ってる、馬鹿で愚かな恋の奴隷だ」

背後で何か剣呑な気配が漂い、身構えた直後、垂れこぼれる白濁を内部へ跳ね返す勢いで後孔を貫かれた。

「――あっ、ん!」

甘やかな衝撃に震わせた上半身を、引き寄せられる。腰を落として座った智佳と、背中合わせの座位で繋がる形になる。

背中に響く智佳の鼓動が、心地よかった。正面からのときとは違う深さと角度で感じる智佳を、真紘はきつく食い締める。

「あんたを天国へつれてってやるって言ったのに、あんたの中が天国みたいだ」

上擦らせた声で囁くと、智佳は真紘の両脚を抱えて、身体を上下に大きく揺さぶった。

「あっ、あ、あっ……」

ずんずんと突き刺さる肉の楔《くさび》が奥から流れ落ちてくる粘液を押し戻しながら、熟れきった真紘の中をかき回す。

攪拌《かくはん》されたものが結合部のあわいへ漏れ、火照る皮膚の上でぐちぐちと音を立てて泡立っては弾ける。気持ちがよくてならなかった。真紘は吐息をつやめかせ、智佳の動きに合わせて腰をゆるゆると躍らせる。

「……真紘。夢みたいに幸せだ」

智佳が突きこんでくる楔の猛々しい熱に、媚肉を潤す精液が溶かされて、内壁へ浸潤《しんじゅん》してくるようだった。――この上ない幸福感とともに。

「俺も……」

微笑んで、智佳の首筋に頬をすり寄せる。すると、腰の動きをとめた智佳に頤を掬われ、キスをされた。

「この先、どんなことがあっても、ずっと一緒だ、真紘」

ああ、としっかりと頷いて仰のき、真紘は唇を重ねるキスを返す。「お前とこうなったこと、なるべく早く、皆に打ち明けよう」と、自分の覚悟とともに。

「お前と一緒なら、どこででも幸せだけど、駆け落ち先は、できれば海の見える街がいい」

もし遠く離れてしまうことになっても、家族の暮らすこの街と少しでも繋がっていたいから。

そんな思いを汲みとってくれたのだろう甘く優しい声が「そうだな」と耳もとで響く。

「だけどさ。俺は、案外あっさり認めてもらえそうな気がする」

「どうして?」

「母さんは何たって母親だから、あんたの味方になってくれるだろうし、親父はその母さんにベタ惚れで、母さんを悲しませるのが何より嫌だろ。大体、親父だって昔から、母さんそっくりのあんたを、血を分けた俺たちよりも可愛がってる。それに、子供はいくつになっても、手元に置いておきたい人だからな」

声を穏やかに紡ぎながら、智佳は真紘の背に口づけの花を散らす。

「俺たちが、男ふたりで駆け落ちしたその先で、医者だから食いっぱぐれないにしても、白い目で見られて辛い目に遭うくらいなら、俺たちのことを認めて、このままここで囲っておくほうがいいって親心を働かせてくれる可能性が高い」

「……だけど、兄さんたちは？」

「自分の嫁と子供が幸せならそれでいい、っておっさんたちだぜ？　俺たちが、外や病院でちゃんと節度を持って、ただの兄弟のふりをしてる限りは、大して気にはしないだろ」

明るくそう言った男の腕が、真紘を強く抱きしめる。

「心配するな、真紘。俺はもう、あんたが好きなだけの子供じゃない。たとえどんな結果になっても、俺は必ずあんたを幸せにする。それぐらいの甲斐性はあるぜ」

そのまっすぐな言葉と腕の力強さが身体の中に直接響いてきて、眦に熱いものが滲む。

智佳の予想は、少しばかり楽観的な気がする。けれども、不思議と不安はなかった。

これからの人生を、何よりも愛おしい男と手を繋いで歩んでいけるから。その男の逞しい腕に抱かれているから。

「ああ……。頼りにしてるぞ、先生」

真紘は胸に溢れてくる幸せに酔いしれて目を閉じ、うっとりと微笑んだ。


鳥の優しいさえずりに誘われて瞼を上げると、部屋の中にはやわらかく透き通った朝の光が満ちていた。

目覚まし時計が鳴るまで、あと三十分ほどあることを確かめ、ゆっくりと瞬いたとき、バスルームの扉が開く音がした。深い幸福感と疲弊感《ひへいかん》の入り混じる気怠《けだる》い身体をベッドの上に横たえたまま、真紘は視線だけを向ける。

数時間前に初めて愛を交わした男が、鼻歌で「歓喜の歌」を歌いながら出てくる。

智佳は、全裸だった。降りそそぐ朝陽を弾き、肌がなめらかに照り輝く美しい裸体が眩しく、真紘は目を細める。

智佳が機嫌よく「歓喜」している理由は、きっと真紘の想像通りだろう。

何だかとても照れ臭くて、どんな言葉をかけていいかわからない。くすぐったい思いで軽やかに響く旋律に耳を傾けていると、ふいに智佳が床から何かを拾い上げた。昨夜、智佳に剝ぎ取られたパジャマのズボンだ。

「歓喜の歌」の旋律を高く弾ませ、何やらごそごそと手を動かしていた智佳はその中から真紘の下着を取り出し、ズボンを床に落とした。そして、ピンクの幅広のウエストゴムにブランドのロゴが織りこまれ、同じ色のパイピングがアクセントになっているパステルブルーのブリーフを両手で眼前に掲《かか》げた。

朝陽にかざしてしげしげと真紘の下着を眺めていた精悍な美貌に、満面の笑みが浮かぶ。その直後、嬉しげにゆるんだ頰に、パステルブルーの布地が押し当てられた。

かつての「週間パンツ泥棒」は、真紘のブリーフに歓喜の頰ずりを何度かしたあと、それを顔の正面へ移動させた。それから、おもむろにウエストゴムを広げ、その輪の中へ鼻先から顔を突っこんだ。

まるでマスクのように引き伸ばしたパステルブルーの下着で顔の下半分をすっぽりと覆うと、智佳は肩を大きく上下しはじめた。どうやら、匂いを嗅《か》いでいるようだ。しかも、いつの間にか股間で角度をつけて反っていた太い肉茎までもが、智佳の深い呼吸の動作に合わせてぶらぶらとしなっていた。

肌にざわりとさざ波が広がったのを感じつつかすかに身じろぎ、真紘は智佳から視線を外す。目を閉じて数秒考え、見なかったことにしようと決めた。

望めばいくらでも中身を触らせてやるのに、まったく理解できない行動だが、べつに咎《とが》める気は起きなかった。下着の匂いを嗅ぎたくなるほど、猛烈に愛されているのだ。多少、呆れはするものの、腹を立てなければならない理由はない。それに、智佳に比べれば、ペニスメジャーに興奮した自分はかなりまともだと思えて安心できた。

安堵した胸に、ふと持田《もちだ》の顔が浮かぶ。「パンツ泥棒」のあとは「パンツ仮面」に変身する変態男と結婚したせいか、「パンツ先生」に大きな親近感を覚えた。前回のことへの謝罪の意味もこめて、次の診察のときには今まで以上に親身になろう、と真紘は心に固く誓う。

清々《すがすが》しさはなくなったけれど、とても幸せな朝だ。目覚ましが鳴るまでのもう少しの間、心地よくまどろみたかった。しかし、枕に顔をすり寄せた真紘の鼓膜を、窓の外で「何なの、これ！」と高く上がった母親の悲鳴が突き刺した。

「真紘、チカちゃん、起きて！　花がないの！　酷いわ、許せない！　猿？　猿なの？」

珍しく怒気をあらわにする母親の声に、真紘は跳ね起きる。

顔に嵌《は》めていた下着は素早く外して背後に隠したらしい智佳が真紘と目を合わせ、「相当、怒ってるな」と頬を引き攣らせる。

「さっさと正直に名乗り出ないと、通報しそうな勢いだな」

真紘は苦笑して、ベッドから降りる。

裕一の下着の件は結局「鳥かも」ということで片づけられたが、今度は証拠の花がこの部屋のシンクで咲いているのだから、罪のない動物に濡れ衣を着せるわけにはいかない。

家族に話さねばならないことはたくさんあるが、まずは花泥棒の釈明だ。実行犯は智佳とはいえ、そんな行動に走らせた真紘にも責任の一端がなくはない。ふたり一緒に怒られるのが筋というものだ。

「ほら、早く服を着ろ。行くぞ」

「あ、ああ……」

母親の剣幕が、想像を超えていたようだ。溌剌《はつらつ》と揺れていた赤黒い漲りをすっかり大人しく垂らし、たじろいでいる様子の智佳の手から下着を奪還し、真紘は出頭するためにそれをはいた。激しい興奮と愛の吐息を吹きかけられたせいだろう。肌にやわらかく吸いついたその布地は、やけに生温かかった。

その兄弟、
愛の進化形

内科病棟のスタッフステーションを出ると、温《ぬる》んだ空気が肌《はだ》にとろりと貼りついた。首筋にまとわりつく髪を払い、真紘《まひろ》は小さく息をつく。スクラブの胸もとを手で扇《あお》ぎ、エレベーターの前へ向かっていた途中、視界の端で白くて小さなものがひらひらと揺れた。

見ると、満月が輝く窓の外で、桜の花びらが舞っていた。

宝生《ほうしょう》総合病院の東側の庭には、桜並木がある。きっと、そこから飛んできたのだろう。

ここしばらくは花冷えもなく、麗《うら》らかな春の日が続いていた。街にあふれる若葉の緑はぐんぐんと鮮やかさを増し、海風にも初夏の薫《かお》りがほのかに交じりはじめている。

とは言え、まだ桜が散りきっていない四月のなかばだ。

それなのに、今日は朝から、暖かいと喜ぶにはきつすぎる陽射しと熱が街を覆《おお》っていた。

体力も免疫力《めんえきりょく》も落ちている入院患者は、気温の変化に敏感だ。いきなり一足飛びに夏が来たような暑さに、病棟では体調不良を訴《うった》える者が続出した。

真紘は心療内科医だが、消化器疾患《しっかん》も専門領域のひとつだ。そのため、外来のない午後は内科病棟で勤務をしている。

宝生総合病院の内科は人材が豊富だ。院内では一番人手不足と縁遠い科で、病棟業務は普段ならだいたい定時に終えられる。しかし、今日は昼休憩《きゅうけい》を取る暇《ひま》もなく病棟へ呼び出されたかと思うと、次から次へコールが重なり、やたらと慌ただしく、気がついたときにはもうすっかり暗くなっていた。

真紘は伸びをして乗りこんだエレベーターを、総合医局とロッカールームがある五階で降りた。そろそろ二十時だ。人影のまばらな医局でタイムカードを押し、帰り支度をしていたさなか、「お疲れ、真紘先生」と声をかけられた。

脳外科に所属している四十代の女医だった。明るい色のスーツ姿で、手にはバッグを提《さ》げているので、彼女も帰るところのようだ。

「お疲れ様です」

「うん、お疲れ。先生、今日は遅いのね。内科の病棟、忙しかったの?」

「ええ。やっと帰れます。先生も、今からお帰りですか?」

「と言うか、一度帰ってたんだけど、デスクにスマホ忘れちゃって」

肩を竦《すく》め、女医は「じゃあね」と指先を閃《ひらめ》かす。

挨拶《あいさつ》を返し、向かいのロッカールームに入ろうとした寸前、ふいに呼び止められた。

「あ。ねえ、真紘先生。今日も、これから歩きで帰るの?」

――世界一美しい女王様な真紘様。どうか俺と結婚してください。

素直に幸福感をあらわにしにくかったそんなプロポーズをされた去年の夏を境に、真紘は水泳をやめ、スポーツクラブも退会した。

ストーカー被害に遭《あ》ったからと言うより、智佳《ともよし》が「あんたのお色気パンツ姿と生乳首《なまちくび》は、俺だけのものだ。誰にも見せるな」と強硬《きょうこう》に主張したためだ。そのくせ、何やら妙なライバル心を持って嫌っているバドミントンの相手は、あまりしてくれない。

病院の同僚やスタッフたちに至っては、あまりどころかまったくで、真紘が休憩時間にラケットを持ったとたん、蜘蛛《くも》の子を散らすように逃げてゆく。「捕まると、一週間は寝たきりだ」などと大げさに震え上がって。

バドミントンをたかだか十分や二十分おこなっただけで重度の筋肉痛になるのは、そもそもは日頃の運動不足が原因なのに、誰も彼も皆、逃げるときだけはやたらと機敏で、対戦相手の確保は困難だった。このままでは身体が鈍《なま》ってしまいそうで、真紘は通勤を徒歩にした。

家から病院までは、四十分ほどだ。なかなかいい運動になる上に、毎日色を変える朝夕の海を眺《なが》めて歩くのは楽しい。夜は夜で街灯《まちあか》りが綺麗なので、よほどの悪天候や、用がある日以外は、多少遅くなっても歩いている。

院長の息子である真紘の行動は、元々注目されがちだ。半年以上続けた今では、真紘が徒歩通勤をしていることを院内の誰もが知るようになっていた。

「ええ。そのつもりですが」

「なら、気をつけたほうがいいかも」

ヒールの音を高く響かせて歩み寄ってきた女医は、バッグから一枚のチラシを取り出し、真紘に見せた。

「さっき、駅で配ってたの」

——女性の皆さん、ご注意を！　神東《じんとう》駅周辺に変質者・パンツ仮面が出没しています！

そんな注意喚起《かんき》から始まっているチラシによれば、最近、神東駅周辺の住宅街の路上で、二十歳前後の若い女が、頭に女性下着を被《かぶ》った黒ずくめの男・通称「パンツ仮面」に「パンツください」と声をかけられる事件が続出しているそうだ。

紙面の数ヵ所に記された「パンツ仮面」という文字だけが浮き上がって見え、真紘は首筋がひやりとするのを感じた。

何の因果か、真紘の周囲にはパンツ仮面がふたりもいる。

ひとりは、心療内科の外来で担当している過敏性腸症候群《IBS》患者の持田善太郎《もちだぜんたろう》。愛する妻の下着をこっそり被らずにはいられない性癖《せいへき》を持つ男だ。

そして、もうひとりは、いまだにばれていないつもりなのか、相変わらず目を離すと真紘の下着に顔を突っこんでいる智佳だ。

一瞬、自分の感知しないところで、持田か智佳がパンツへの変態的執着愛を暴走させたのかと思ってしまい、心臓が跳ね上がった。

けれども、よく読んでみると、犯罪者のほうのパンツ仮面はむっちりした小柄《こがら》体型らしく、中肉中背の持田とも、長身の智佳とも身体的特徴《とくちょう》が大きく異なっている。

真紘はほっと胸を撫《な》で下《お》ろし、女医に苦笑を向ける。

「あの、気をつけろ、というのは、この変質者に、ですか？」

「そう。あたしは知らなかったんだけど、かなり有名な変態で、春先から結構、頻繁《ひんぱん》に出てるんだって。先生、知ってた？」

言われてみれば桜が咲きはじめた頃、母親と兄嫁《あによめ》たちが台所で回覧板を囲み、今年の変質者はとびきり変だとか何とか話していた気がする。しかし、興味のない話題だったので聞き流してしまい、はっきりとは覚えていない。

いいえ、と真紘は首を振った。そして、来月には三十二になる男の自分が、なぜ「若い女の下着を狙《ねら》う変質者に気をつけろ」などと忠告されているのか、不思議に思う。

もしかしたら、このチラシには書かれていないだけで、男に対しては「パンツください」ではなく、「お金ください」と路上強盗になったりするのだろうか。

尋ねてみると、女医は「そうじゃないけど、今晩はほら、満月だから」と窓の外に浮かぶ丸い月を指さした。何だか、芝居がかった仕種《しぐさ》だった。

「それに、まだ四月にしてはちょっとおかしな暑さでしょう？　その変態男の頭のネジがよけいに飛んじゃって、ターゲットがどーんと一気に広がるかもしれないじゃない？　で、もし、そうなったら、真紘先生も危ないと思うの。何てったって、うちで一番の美人ドクターだもの」

笑みを含んだ声で言って、女医は廊下の掲示板にチラシを貼った。

「夜道のひとり歩きは避けて、タクシーで帰ったほうがいいかもね、先生」

笑ってそう告げ、女医は真紘の返事を待たずに階段を降りていった。

今晩は確かに気温が高い。しかし、異常行動を誘発するような暑さではないし、俗説は多々あっても月と人体との関係は科学的には未解明だ。むっちりパンツ仮面が、今晩突然、好みの性別や年齢を変えるとは考えにくい。

きっと彼女流の冗談だろう。そう結論づけ、ロッカールームでスーツに着替えていたとき、携帯電話が外科病棟にいる智佳からのメールを受信した。

——十時までには帰る。

泊まりこみが続いていた智佳が帰ってくるのは、三日ぶりだ。メールや電話での連絡は日に何度も取っていたものの、身体の空《あ》く時間が合わず、この三日間は広すぎる院内ですれ違ってばかりで顔を一度も見られなかったぶん、智佳の帰宅がとても嬉しい。

真紘は「了解」と返信をして病院を出、タクシーに乗った。もちろん、先ほどの揶揄《からか》い半分の警告を真に受けたわけではない。帰宅を急ぎたかったのだ。

書いていないということは、夕食は食堂ですませるか、出前を取るかしたのだろう。真紘も食べ損ねた昼食代わりの食事を、つい三十分ほど前の休憩中にかき込んだばかりなので腹は満たされているが、疲れて帰ってくる智佳のために酒のつまみくらいは作ってやりたい。

何を出そうかとあれこれ考えているうちに、タクシーは宝生家の門前に到着した。

焦《こ》がれ続《つづ》けた義弟に初めて愛された翌日、真紘と智佳は、大切なマリーゴールドを根こそぎ奪われ、ぷりぷりと怒っていた母親の前に花泥棒《はなどろぼう》として出頭した。「気持ちの悪い思いをした雉本《きじもと》の一件を忘れるために酒を飲んだら悪酔《わるよ》いをして、ふたりで花壇《かだん》を掘ってしまった」という、いささか苦しい言い訳をつけて。

その場はどうにかごまかしたものの、結局、ほどなく智佳との関係を家族に打ち明けた。子を授《さず》かった次兄夫婦の同居と、その家を敷地の東側に建てることが正式に決まり、大家族化計画の夢を景気よく膨《ふく》らませる父親からの見合い攻勢が激しさを増し、もう隠しておけなくなったのだ。

たとえこの世の誰にも祝福してもらえなくても、自分には生涯を共にすると誓《ちか》ったれっきとした伴侶《はんりょ》が既にいる。それなのに、一時しのぎの嘘を重ねてごまかすのは、父親に対しても、見合い相手に対しても不誠実だと思えてならなかった。

『ま、母さんが味方についてくれるのは確実だから、きっと大丈夫だ』

早々のカミングアウトに智佳は屈託《くったく》なく賛同したが、真紘はやはり心配だった。この関係を打ち明ければ、智佳の次に愛《いと》おしい存在のすべてを――大切な家族や、たくさんの思い出が詰まったこの家や故郷を捨てなければならなくなるかもしれない。

そう覚悟をしていたけれど、返ってきた反応は智佳の楽観的な予想を上回るあっさりした裁可だった。

驚いたことに、顎《あご》を外して同時にひっくり返った父親と長兄以外の家族にはとっくに勘づかれていたのだ。離れでの同居が始まった直後に、鋭い女の勘によって気づいた兄嫁の香奈《かな》と咲《さき》子《こ》は、真紘たちがいつ告白してくるか、高級ブランドのティーセットを賭《か》けていたらしい。勝った香奈には感謝され、負けた咲子には「決断が遅いのよ！　大事なことなんだから、もっと早く言うべきでしょ！」と恨《うら》めしい目で詰《なじ》られた。

一方、母親と次兄の春大《はるまさ》は、子供だった智佳と真紘が頻繁に交わしていた秘密の結婚の誓いを何度も聞いていたという。幼すぎたせいで、秘密を秘密にしきれていなかったようだ。

だから、長期間の不自然な無視のし合いや反発を経《へ》て、いきなり親密になった真紘と智佳の間で何が起こったのか、すぐにわかったそうだ。

『あなたたちが中学生や高校生なら、絶対許さないわよ。血は繋《つな》がっていなくても、兄弟同士なんて。でも、ふたりとも長い間ずっと真剣に悩んで、どうしてもほかの人は好きになれなくて、決めたことなんでしょう？　だったら、お母さんはそれでいいわ』

すでに察知していたから、受け入れるための心の準備もしてくれていたのだろう。そんな母親の意見に、春大とふたりの兄嫁はすぐさま頷いてくれた。

まったく何も知らなかった父親と裕一《ゆういち》はさすがにずいぶん混乱した様子だったし、反対の言葉もたくさん出た。しかし、それでも最後には、ほかの家族と同じように真紘と智佳の気持ちを尊重してくれた。

父親などは、一旦《いったん》腹をくくって認めてくれたあとは、平坦《へいたん》にはならないだろう人生を選んだ真紘と智佳のために、母親以上にあれこれと心を砕《くだ》いてくれたほどだ。

『壁に耳あり障子《しょうじ》に目あり、だからな。離れの周辺の塀《へい》を高くして、目隠しの庭木を増やそう』

『将来のことを考えたら、お前たちが院長と副院長に就任できる病院があったほうが何かと便利だろう。東京あたりに建てておくか。それとも、知り合いのいない地方のほうがいいか？』

『もし秘密が漏れたときにすぐに身を隠せるよう、どこかに別荘があったほうがいいな。念のため、海外にもいくつか買っておこう。「宝生」の名は一応、全国区だ。用心しておくに越したことはない』

ありがたかったが、少々明後日《あさって》の方向に向いている父親の親心は何とか断り、真紘は今も住み慣れた実家の離れで智佳と暮らしている。

塀や庭木ももちろんもとのままだが、以前と変わったこともある。

週に何度かは、離れで夕食を自炊するようになったのだ。

先に帰宅したほうが作ることもあれば、ふたりで並んで狭《せま》いキッチンに立つこともある。

もっとも、そうするのはふたりだけの時間を長く過ごしたいからなので、どちらかが帰れない日には当然、食事は母屋で家族と一緒にとる。そのため、そんな日が何日か続いたときの冷蔵庫に入っているのは、ちょっとした飲み物くらいなのを、真紘は浮かれすぎていたせいで、すっかり忘れていた。

――しまった。

鞄《かばん》をソファの上に放り投げ、勢いこんで開けた冷蔵庫には、牛乳と野菜ジュースしか入っておらず、真紘は天を仰《あお》ぐ。

酒のつまみを作る以外にも、いきなり押し倒されても大丈夫なようにシャワーを浴びて汗を流しておきたいし、ベッドメイキングもしておきたい。

今から店へ買い出しに行く時間が惜しいので、食料は母屋《おもや》で調達することにした。

スーツのまま離れを出て、母屋の勝手口をくぐった真紘はふと違和感を覚え、首を傾《かし》げた。いつものこの時間帯なら、誰かが食事中か酒を飲んでいるはずなのに、話し声がまったくしない。一応、ダイニングや台所から明かりは漏れているものの、ひっそりとしている。

父親は今週末まで海外出張で、母親は中学校の同窓会に出席するため今朝《けさ》から郷里の山梨《やまなし》へ行っており、帰りは明日だ。だから、今晩、母屋にいるのは長兄一家と次兄夫婦だけなのだが、それにしても何だか静かすぎる。

「ただいま」

怪訝《けげん》に思いつつのぞいた台所にいたのは、裕一の妻である香奈ひとりだった。

春らしい淡い色のふんわりとしたスカートにエプロン姿の香奈は、大根を千切りにしていた手をとめ、「お帰りなさい」とやわらかく微笑《ほほえ》む。

手元の作業スペースには、レタスの入ったボウルやちりめんじゃこのパックがある。大根サラダを作っているようだ。

カウンターの向こうのダイニングテーブルにも、揚《あ》げ物《もの》や炒《いた》め物《もの》の皿がずらりと並んでいる。もしかすると、今晩の夕食はこれからなのかもしれない。

「あれ。兄さんたち、まだですか?」

「ううん。皆、いるわよ。裕一さんは今、子供たちを寝かしつけてて、咲子と春大君は部屋」

「珍しいですね。九時にもなってないのに、ふたりが部屋に引っこんでるのって」

「咲子がね、ところてんの食べ過ぎで気分が悪くなっちゃって。で、春大君、咲子にぴったりくっついて看病してるのよ。産婦人科のお医者さんなんだから、単に食べ過ぎただけの妊婦《にんぷ》なんて放っておいても大丈夫だってわかってるでしょうに、過保護よねえ」

穏やかな声音で、香奈はくすくすと笑う。

妊婦はたいてい、特定のものを食べたがる。香奈は三つ子を妊娠中、フライドポテトが手放せなくなっていた。一方、六月に出産を控《ひか》えた咲子が毎日何かにとりつかれたように食べているのは、なみなみとした黒酢《くろず》の中で泳ぐところてんだった。

「それより、真紘さん、どうしたの? やっぱり、ご飯食べる?」

「いえ。夕飯はいいんですが、酒のつまみがほしいので、何か少しもらいたくて」

「あら。チカちゃん、今晩は帰ってくるの?」

察しよく尋ねられ、真紘は「ええ」と苦笑を返す。

「じゃ、ちょうどよかったわ。裕一さんのおつまみ、作り過ぎちゃったから」

言って、香奈はトレイを取り出し、軽やかな足取りでダイニングへ移る。

自分で作ったものを出したかったので、冷蔵庫からちょっとした食材をもらうつもりだったのに、それを伝える暇《ひま》もなかった。

ダイニングテーブルに並んでいる大量の料理が次々と小皿に取り分けられてトレイに載せられ、それを「どうぞ」と差し出される。

「足りなかったら、電話して。作って、持っていくから。あ、アイスもあるわよ。いる？」

香奈は普段から陽気で優しい。しかし、何やら今晩はとても機嫌がいいようだ。

「いえ、もうこれで十分ですが……、何かいいことでもあったんですか？」

トレイを受け取って問うと、「そうなの！」と香奈が頬を染めて大きく頷いた。

「真紘さんが帰ってくるちょっと前にね、あたし、コンビニへ行ってたの。明日の朝のヨーグルト、買い忘れてたから。そしたら、パンツ仮面に遭ったの！　あ。真紘さん、パンツ仮面って知ってる？　最近、この辺りに出るようになった変質者よ」

変質者に遭遇《そうぐう》したというのに、香奈はなぜか満面の笑みだ。ショックのあまり、混乱しておかしくなっているというふうでもない。

真紘はわけがわからず、瞬《またた》いた。

「……え、ええ。それで、大丈夫だったんですか？」

「うん、全然平気。たまたま自転車が通りかかって、すぐに逃げて行っちゃったから、何もされなかったし。でもね、後ろから声をかけられて、振り向いたら、あたしの顔を見て『パンツください』って！　一体、いくつだと思われたのかしら。あたし、もうすぐ三十四なのに、嫌だわ。ほんと、困っちゃうわよね。ああいう変な人」

嫌だ、困っちゃうと言いつつ、香奈は明らかに浮かれて、はしゃいでいる。どうやら、二十歳前後の若い女にしか食指を動かさない変質者に、自分も狙われたことが嬉しいらしい。

何もされなかったとは言え、香奈の反応は犯罪被害者として何かおかしい。それに、誰もが認める美しい女ではあるものの、香奈の容姿は年相応だ。

おそらく、むっちりパンツ仮面は、春とは思えない暖かさのせいで注意力が散漫になり、うっかり目測を誤っただけだろう。だが、そう指摘すれば、せっかく調達できた酒のつまみを取り上げられてしまうかもしれない。

「……たぶん、若く見えたんでしょうね。義姉さんくらい綺麗でスタイルがいいと、女子大生に混ざっててもあまり違和感がないですし」

香奈が望んでいるだろう言葉を空笑いで並べたてると、真紘はトレイをしっかり持って素早く踵《きびす》を返した。

シャワーを浴びてパジャマに着替え、ベッドメイキングを終えた真紘は、ふと思い立ってクローゼットを開けた。

先ほどは特に何も考えずに、衣装ケースの一番前にあった下着を手に取ったけれど、どうせなら智佳が悦《よろこ》ぶものを穿《は》いておくほうがいい気がしたのだ。

真紘はズボンを脱ぎ、メッシュ素材の白いブリーフを探した。それは、智佳に贈られたものだ。中が透けて見える上に、ペニスの形が強調される専用ポケットがつき、さらにウエストゴムの上から陰毛がわずかにはみ出るようにわざわざサイズ調整をした特注品である。

智佳の変態趣味が丸出しにされた破廉恥《はれんち》下着だが、特注品なだけになかなか穿き心地のいいそれになかばまで脚を通したとき、玄関の扉が唐突に開いた。

予定より早く帰ってきた智佳だった。

この部屋は、玄関を開ければ全体を見渡せるワンルームだ。パジャマの上だけを着て、下着を穿きかけているという、どうにも中途半端な格好の真紘と目を合わせた瞬間、智佳の美貌《びぼう》につやめかしい笑みが広がった。

「疲れが一瞬で吹き飛ぶ絶景だな」

「……早く帰ってくるなら、ちゃんとそう連絡しろ」

照れ隠しに少しむすりとして、真紘は急いで下着を引き上げる。

「そのつもりだったけど、いきなり帰ったほうがいいものが見られるんじゃないかと思って」

「いいもの？」

「ああ。俺に会えない寂しさで、むらむらしてオナってるあんたとか」

今では完全に回復しているが、真紘は去年の今頃は勃起不全《ED》に苦しんでいた。そして、成り行きで秘密の主治医となった智佳の前で、治療の一貫として何度も自慰《じい》をした。

もう見飽《みあ》きるほど見ただろうに、と真紘は少し呆《あき》れて眉《まゆ》を上げる。

「散々、見ただろ。そんなもの、今さら見て、愉《たの》しいのか？」

「ああ、愉しいに決まってる」

笑って部屋に上がった智佳は机の上に鞄を置き、脱いだスーツの上着をハンガーに掛けた。

智佳の机に、智佳の収納棚《だな》。母屋の自室から智佳が運んできた家電類や、ふたりで選んで買い換えたベッド。

想いを通じ合わせ、「夫婦」として暮らしはじめてから、そろそろ一年だ。ひとりで住んでいた頃にはやや持て余し気味だった二十畳の空間には、智佳の存在がすっかり馴染んでいた。

「堂々と見せられるのと、こっそりしてるところを不意打ちでのぞくのとじゃ、感じる嬉しさはまったく別物だからな」

「お前、脳外で一度、頭を診《み》てもらえ。この陽気で、何か湧いてるんじゃないのか？」

「かもな。だけど、俺がおかしいのは、春のせいじゃない」

言って、智佳は真紘が拾おうとしていたズボンのパジャマを取り上げ、遠くへ放り投げた。

その行為の意味するところを考え、鼓動と体温が一気に跳ね上がる。

智佳は、すぐに自分を抱くつもりなのだ。

「……じゃあ、何のせいだよ?」

「あんたと一緒にいるときは幸せすぎておかしくなるし、会えないときは恋しすぎておかしくなる」

耳もとで熱っぽい声を響かせる男の逞《たくま》しい腕が腰に絡みつき、心臓がますます動きを激しくする。

胸が張り裂けそうなほど嬉しいのに、こんなときどんな顔をすればいいのか、真紘はいまだによくわからない。

真っ赤になった顔を伏せ、「馬鹿」と小声で呟くと、「ただいま、真紘」と頬にそっと口づけられる。

「三日もあんたに会えなくて、死ぬかと思うくらい辛《つら》かった」

「……そんな、ことで、死ぬわけないだろ、馬鹿……」

素直になれない唇を、咎《とが》めるように何度も甘嚙《あまが》みされる。自覚していた以上に身体は智佳に飢《う》えていたようで、甘美な愛撫《あいぶ》に深い目眩《めまい》を覚えてしまう。

脚がふらつき、傾きかけた身体を、しっかりと力強く抱きしめられる。

「まあ、それくらい会いたかったっていう喩《たと》えだよ。俺はあんたの騎士だからな。愛しい女王様を残して、先に死んだりは絶対しない。実際に死ぬときは、あんたがあの世へ旅立った一分後って決めてるしな」

「……一分後？」

「ああ。あんた、俺が先に死んだら、泣くだろ？　俺のせいであんたを泣かせたくないから、俺にはあんたより長生きする義務がある。だけど、あんたのいなくなった世界なんて、生きてる意味がないだろ？　だから、一分後」

実現するはずのないことだとわかっていても、息が詰まりそうな勢いで幸福感が膨れ上がる。真面目《まじめ》な眼差《まなざ》しを向けられての告白だったなら、それこそ泣いていたかもしれない。だが、智佳はにやにやとしまりなく笑いながら真紘のパジャマの裾《すそ》をめくり上げ、白ブリーフからのぞく陰毛の淡い流れを指先に絡めて遊ばせていた。

「俺の愛の深さに感動して、言葉が出ないみたいだな、真紘」

「……馬鹿丸出しの妄想《もうそう》に呆《あき》れて、言葉を失っただけだ」

「お高くとまった女王様は、素直じゃないな」

智佳は艶然《えんぜん》と微笑んで、真紘の唇を何度も音を立てて啄《ついば》む。

智佳の変態的言動にはもう耐性ができているので、そのつど呆れはしても愛しさが薄れたりはしない。熱烈な愛情を示されるうちに、しぼんだ嬉しさが再び大きくなり、智佳の背に腕を回すと、横抱きにされ、ベッドへ運ばれた。

「なあ。ところで、あれ、どうしたんだ?」

ベッドのふちに片膝をついてネクタイを引き抜いた智佳が、ふとラップのかかった料理皿がぎっしりと並ぶテーブルを見やって問う。

「母屋からもらってきた酒のつまみ」

「つまみにしちゃ、多いな」

「香奈さんが、いいことがあったってはしゃいで作りすぎたんだよ。母屋《あっち》のテーブルは、晩餐《ばんさん》会《かい》みたいになってた」

「何だよ、いいことって。四人目でもできたのか?」

「いや。あとで教えてやるよ。かなりしょうもないことだから」

そう言って、真紘は戯《たわむ》れに「食うなら、すぐ温め直してやるぞ」と告げてみる。

「それこそ、あとでだ。この状況で、あんた以外のものを飲み食いしたいとか思うわけないだろ」

智佳は片眉《かたまゆ》を撥《は》ね上《あ》げ、真紘の腰を膝立ちで跨《また》ぐ。そして、パジャマのボタンを弾《はじ》き飛《と》ばすような勢いの早業《はやわざ》で外してゆく。

「真紘……」

発情した雄《おす》の声が降ってきて、パジャマの前が開かれる。

「あ……」

あばかれた乳首を、視線でねろりと舐《な》められる。

ほのかな疼《うず》きの灯《とも》ったそこがつきんと芯を孕《はら》んだ瞬間、こごって形を変えた乳頭をふたつ同時につまみ上げられた。

「あっ。ん……、ぁっ」

硬さとやわらかさがあいなかばする乳首をくりくりと揉み転がされ、引っ張られ、押しつぶされて、全身に甘美な震えが走った。

外科医独特の美しい指先が繊細《せんさい》に動きを変えるたび、うねる腰の奥からじわじわと熱があふれてきて、肌が汗ばんでゆく。

「んっ、は……っ。あっ」

勃《た》ちきって濃く色づく乳首を右へ左へ、上に下にとぷるんぷるんと弾きこねられ、気持ちがよかった。だが、快楽に慣れた身体には、少し物足りない刺激だ。

もっと強い力で激しくいじってほしい場所が、ほかにある。真紘は本能に促《うなが》されるままに広げた脚で智佳の胴を挟《はさ》みこんで身体を浮かせ、逞しい盛り上がりを見せているそこへ下着越しの会陰《えいん》を擦《こす》りつけた。

乳首への愛撫を悦び、真紘のペニスは下着の中でゆるく萌《きざ》していた。卑猥《ひわい》に膨らんだ半勃起《はんぼっき》の形や、獣《けもの》の攻めを誘って腰を揺するつど、陰嚢《いんのう》がゆさゆさと弾む様が、メッシュ素材の布地を通してはっきり見える。

「は……、ぁ。とも、よし……っ」

自分は下着を、智佳はスラックスを穿いたままだ。だが、数枚の布を隔《へだ》てていても、智佳の雄々しい張《みなぎ》りがごりごりと硬くなってゆくのがはっきりとわかる。

堪《たま》らない快感だった。はしたないと思っても、腰の揺れがとまらない。

そんな自分の姿に興奮してしまい、ペニスの先端を包む部分が濡れて、色が変わっていった。ほどなく、その奥から透明な淫液《いんえき》が一筋、垂《た》れてきた。

「暴発しそうなエロさだな、真紘」

嬉しげにたわめた双眸《そうぼう》を輝かせ、智佳は真紘の熱を帯びた性器を下着ごとぎゅっと摑《つか》んだ。

「――あ、ぁんっ」

快楽神経に突き刺さるような鋭い電流が背を駆け抜け、真紘は撥ね上げた足先をきつく丸めて悶《もだ》えた。

透けた下着の中でびくんとくねってまた膨れたペニスが、びゅうっと淫液を散らし、それが胸もとへぽたぽたと滴《したた》る。

「あんたさ、こんな冗談みたいにいやらしいパンツ一丁の格好で何年もプールに通ってて、本当によく被害がストーカー一匹で済んだよな」

感慨《かんがい》深げに言って、智佳は真紘の脚をほどき、うつ伏せにさせた。

「この尻のぷりぷり具合とか、割れ目とか、もうパンツずり下ろして、突っこんでくれって叫

んでるみたいなもんなのにさ」

双丘《そうきゅう》の片方を揉まれながら、臀部《でんぶ》のあわいをなぞられ、視界の端が霞《かす》む。

「はっ、ん……っ。何度も、言った、だろ……っ。きょ、競泳……、水着は、下着じゃない、し……っ、こんな、透けてな——あぁぁっ！」

首を巡《めぐ》らせて抗議していたさなか、布地の上から秘所の窄《すぼ》まりをぐりりとつつきえぐられ、反射的に背が弓なりに反り返る。

「俺も何度も言っただろ。申し訳程度の布きれを股間《こかん》にちょろっとつけて、生乳首と尻の割れ目を見せて歩いてるのは、裸と同じで、危険だって」

それは、これまで何度繰り返したかわからない、もはやセックスの際の定例行事になりつつある睦言《むつごと》の交換だ。

けれども、智佳の眼差しには毎回、少しも褪《あ》せることのない本気の危惧《きぐ》が浮かんでいる。

雉本は特異な例だ。もう、自分の水着姿を見て欲情する変態男は、この世にひとりしかいないのに。そう思って笑ってやりたい気持ちも湧くものの、結局は真紘も、こんなにも愛されていることに、いつも同じように胸を打たれてしまうのだ。

「……だから、水泳、やめただろ」

「ああ。あんたのいやらしい生乳首とパンツ姿は、永遠に俺だけのものだ」

聞き飽《あ》きた台詞《セリフ》のはずなのに、なぜか鼻孔《びこう》の奥がつんとする。

「馬鹿……」

智佳の顔をまともに見ることができず、うつむいて声を落とす。すると、耳朶《みみたぶ》とうなじに優しく口づけられてから下着を脱がされ、腰を高く引き上げられた。

智佳に向けて、秘部を突き出す格好だ。悦楽を期待してひくつく肉環の襞《ひだ》や、ぴくんぴくんと収縮を繰り返す陰嚢が丸見えなのが恥ずかしく、真紘は息を詰めてシーツを握る。

力んだ拍子に、下肢《かし》の中央で不安定にしなっていた紅色の屹立《きつりつ》にぴんと硬い芯が通り、先端の秘裂にまた滲《にじ》んだ蜜《みつ》が細い糸となって垂れ落ちた。

シーツが汚れる寸前、智佳が掌《てのひら》を差し出してそれを受け止めた。

「もっと出せよ、真紘。出るだろう?」

もう片方の手の先で陰嚢を叩くように弾き上げ、智佳が淫液の放出を促《うなが》す。

「は……、んっ。ば、馬鹿……。あっ。そんなもの、だ、出せと言われても、……あ、あ、あ、あっ！」

催促《さいそく》されたところで、淫液を自分の意思で自在に出すことなどできはしない。そう首を振ろうとしたのに、陰嚢をいじる智佳の指先に押し出されるかのように、ペニスの先端から欲の雫《しずく》がぴゅるぴゅると漏れてきた。

智佳の手は、見る間に淫液を纏《まと》って濡れた。

「愛してる、真紘」

褒美めいた甘い声音に、「俺も」と吐息を震わせた刹那《せつな》、後孔に指を突《つ》き挿《い》れられた。

「――ひぅっ」

入り口の肉環をぬぷりと挿した指は、そのまま何の躊躇《ためら》いもなく、内壁を強く擦《こす》って根元まで埋まった。

「あっ、あぁ……」

「ほんの三日、いじってやらなかっただけで、きつきつだな」

隘路《あいろ》のきつい締めつけを悦び、智佳が指の速い抜き差しを始める。

たっぷりとぬめりを纏った一本の長い指が、じゅぷじゅぷとひどく淫猥《いんわい》な水音を立てて真紘の肉筒を擦り、引っかき、かき回す。

「ああ！　あっ、あっ、あぁ……！　ひ、……ぁあっ！」

速い指の動きが、振動を奥へ奥へと送りこんでくる。媚肉《びにく》をずんずんと掘りこまれている気分だ。秘めた部分から狂おしい摩擦熱《まさつねつ》が全身へ燃え広がっていくようで、堪らなかった。

射精欲が瞬く間に膨張し、涙ぐみそうになる。

「は、ぁ……っ。あ、あ、あ……っ。も、駄目だっ。駄目だ、智佳……っ」

「出るのか、真紘」

「あ、ぁ……っ。いく……、いくっ。あっ、あっ、……いくっ、い――っ」

内腿《うちもも》を痙攣《けいれん》させ、高く啜《すす》り啼《な》いていたさなか、真紘は声を詰まらせた。

ふいに身を屈《かが》めた智佳が脚の間に顔を突っこんできたかと思うと、弾ける寸前の屹立を無理やり会陰の奥へ向けて曲げたあげく、その先端を口に含んだのだ。

「——あぁぁ！」

亀頭《きとう》のくびれの部分を唇でしごかれたのと、射精はほぼ同時だった。

「あっ、あ……。今は、やめ……っ、吸う、な。そんな……、吸うなっ」

不自然な形に曲げられたペニスの先から噴き出した精が、獣の舌遣《したづか》いで激しく舐め啜《すす》られる。

しかも、その間も、後孔の指は休むことなく動き続けていた。極まりの悦びに収斂《しゅうれん》する肉筒を何の容赦《ようしゃ》もなく突き回され、官能のこごりをぐりぐりと押しつぶされながら、精液を吸われる。神経が灼《や》けつきそうなほどの強烈な愉悦《ゆえつ》が、快感の火花となって眼前で次々に弾《はじ》けた。

「あぁっ！　あっ、や……っ。いい……っ！　あ、あ……はっ、あぁぁん！　智佳、智佳……っ。いいっ、いい……！」

真紘はあられもない嬌声《きょうせい》を放ち、シーツをかきむしって、のたうった。

とめどなく流れ出てきていた精が底をつき、口淫と指淫の二重の攻めからようやく解放されたときには、全身が甘美な毒に冒《おか》されたかのように痺《しび》れきっていた。

四肢を折って伏せた格好で荒い息を繰り返していた背後で、金属音がした。智佳がスラックスの前を開いているのがわかり、真紘はゆるりと首を巡らせた。

赤黒い怒張《どちょう》を扱《しご》き上《あ》げている智佳と目が合う。その美しい手の中にあるものは、凄《すさ》まじい雄々しさを誇示《こじ》して反《そ》り返《かえ》り、脈動していた。

長くぶ厚く、凶悪に張り出した亀頭のふち。棍棒《こんぼう》めいた幹にくっきりと浮き出た血管の太さ。

気のせいか、いつもよりも巨大に見え、真紘は俯《うつむ》いて指先を震わせた。

「挿《い》れるぞ」

息が整うまでもう少し待ってほしかったけれど、雄の色香を放つ声音に誘われた腰が、勝手にふらふらと高く上がった。

「指よりもっと、気持ちよくしてやるからな、真紘」

臀部の肉を鷲摑《わしづか》みにされた直後、環の形が強引に引き伸ばされたそこへ、熱くて硬いものがいきなりずぼんと埋まった。

「――あっ」

感電に似た衝撃が全身へ走り、下腹部で風を切ってしなり勃ったペニスの先が悦びの蜜がぴゅるりと散ったのを感じた。

「あ、んっ。あ、あ、あ……」

最初の一突きで猛《たけ》る怒張のほぼすべてを沈《しず》められた気がしていたのに、巌《いわお》のようにごつごつとしたそれは、まだまだどんどんと奥深くへ侵入してくる。

「あ、あ……っ。は、あぁっ！　入って、くる……っ。ぁ……、入ってくる！」

「そりゃ、挿れてるんだから、当然だ」

「――そ、じゃなくて……っ。お前、今日……、長いっ」

引《ひ》き攣《つ》る肉襞をどこまでもずぶずぶと押し開かれるのが少し怖くなり、苦情を申し立てたつもりだったけれど、智佳は褒《ほ》め言葉と受け取ったらしい。

「あんたに気持ちよく、あんあん喘《あえ》いでもらうために、必死で頑張ってるからな」

笑って言った智佳の雄が、真紘の中でびくんと膨張する。

「ひ、ぅ……!」

何の前触れもなく、肉環をいきなり引き伸ばされ、驚いた拍子にぬめる粘膜がぎゅっと収縮した。その蠢《うごめ》きを合図にしたかのように、智佳がずしんと真紘の最奥《さいおう》を突き上げ、凄まじい速さと重さで腰を前後に動かしはじめた。

「ああっ! や、やぁ……っ。あ、は……、あっ、あ、あぁん!」

智佳は、限界が近いらしい。荒々しい抜き差しのつど、凶暴な勃起がさらに太く、長く容積を増してゆく。

「や、ぁ……っ。く……ぅ、智佳っ、大き……っ、大きいっ!」

「そろそろ出すから、もっといい声、聞かせてくれよ」

半《なか》ばまで沈めた硬いペニスをその場でぐりんぐりんと大きく回転させた智佳が、抽挿《ちゅうそう》を一段と獰猛《どうもう》なものにした矢先のことだ。

突然、電子音が響きわたった。固定電話の呼び出し音だ。

この部屋の固定電話を鳴らすのは、母屋の誰かしかいない。だからだろう。智佳は、放っておけ、と言わんばかりに抽挿の勢いを強くした。

しかし結局は、しつこく鳴り続ける電話に根負けして、射精をせずに動きをとめた。

電話は、裕一からだった。


「馬っ鹿じゃないのか？」

新しい煙草《たばこ》に火をつけ、智佳が眉間《みけん》の皺《しわ》を深くする。

「そういうときは、そうだな、よかったなって、笑って頷いときゃいいんだよ」

「はあ？　できるか、そんなこと！　どこの世界に、自分の妻が変態に襲われて、へらへら笑って喜んでやる夫がいるんだ！」

ぐびぐびとバーボンを呷《あお》っていた裕一が、声を張り上げてテーブルを叩く。

放ち損ねた怒張の処理をバスルームでひとりでしたあと、長袖《ながそで》Tシャツとジーンズの部屋着に着替えて煙草を吸い始めた智佳は、ずっと苦虫を嚙みつぶしたような顔をしているが、裕一も負けず劣《おと》らずのむしゃくしゃぶりだ。

裕一は夫婦水入らずの晩酌《ばんしゃくちゅう》中に香奈と喧嘩《けんか》をし、バーボンのボトルと寝袋を抱《かか》えて「泊めてくれ」と転がりこんできた。香奈に腹を立て、顔も見たくない、と飛び出してきたのではない。母屋中で電波障害を引き起こしそうな激しい怒気を発しているという香奈に恐れをなして、逃げてきたのだ。

夫婦喧嘩の原因は、件《くだん》のむっちりしたほうのパンツ仮面だ。酒をつぎながら「パンツ仮面に、声かけられちゃった」とはしゃいで報告してきた香奈に、裕一は愚《おろ》かにも「暗かったから、間違えただけだろう。明るければ、お前はどこからどう見ても、アラサーだからな」と言ったらしい。さらに、おかしな浮かれ方をする香奈を窘《たしな》めようと、「変に若作りした格好で夜道をうろつくから、うっかり間違えられるんだ」とも。

「お前、真紘が香奈と同じ目に遭ったら、そうするのか？」

「ナンセンスな仮定だぞ、裕一。真紘は、二十歳に間違われたからって、べつにそれを喜んだりはしないからな」

テーブルの前の床の上であぐらをかく智佳は冷淡に鼻を鳴らし、紫煙を吐いた。

膨張した欲望が爆《は》ぜようとしていた寸前に行為の中断を余儀《よぎ》なくされた智佳は、とにかく機嫌が悪い。喫煙者とは言え普段は滅多《めった》に吸わないのに、もう二本目の煙草だし、酒を飲むペースも速い。

「大体、問題はそういうことじゃない。この際、変態男はどうでもいいんだよ。義姉さんは、三つ子の母の三十三歳でも、まだまだ女としてイケてるって、認めてほしかっただけだろ。あんたの本心はどうでも、笑って同意してやるのが、正しい対応の仕方だったんだ」

「……納得がいかん。独身ならともかく、香奈はもうとっくに俺の嫁だぞ。俺はちゃんと女として扱《あつか》ってるんだから、イケてるとかイケてないとか、関係ないだろう」

「ったく、女心の機微《きび》がわかってないな、あんたは」

「男兄弟に鼻の下を伸ばして発情してるような奴《やつ》の口から、女心を語られてもな」

「文句があるなら、庭で寝ろよ、おっさん」

形勢不利と見たのだろう。裕一は向かいのソファでバーボンの入ったグラスを傾けていた真紘を見て、「お前、こんな男のどこがいいんだ」とぼやいた。

真紘は苦笑を浮かべ、口を開こうとしたが、それより先に智佳が灰皿のふちに煙草を置き、「何もかもだ。俺はあんたの百倍、いい夫だからな」と臆面《おくめん》もなく告げた。

「何が百倍だ。俺だって、世界一いい夫だぞ！」

香奈に対する発言は不適切だったけれど、裕一は十年近く連れ添った妻を今も深く愛している。だからこそ、冗談とわかっていても、智佳の放言が癇《かん》に障《さわ》ったのだろう。裕一は真顔で次々と反論を投げた。

ここへ来た時点で、裕一はすでに酔《よ》っていた。智佳に鼻であしらわれながらも、自分がどれだけいい夫かを逐一《ちくいち》例証する声は、だんだんともつれていった。

そして、香奈が作ったつまみの入った皿がほとんど空《から》になり、智佳が四本目の煙草を吸い終えた頃、裕一はテーブルに突っ伏して寝息を立てはじめた。時々、何やらいじけたような声で香奈の名を呼ぶ寝言がもれる。病院のスタッフには決して見せられない、情けない姿だ。

犬も食わない夫婦喧嘩で三日ぶりの愛し合いを邪魔され、思うところは多々あったものの、このまま放置するわけにはいかない。智佳と協力して裕一を寝袋に詰め、邪魔にならない場所へ転がしてから、真紘は洗い物をしようとした。

だが、智佳に着替えを渡され、「ホテルへ行こう」と誘われた。

智佳の性欲は、疲れているときのほうが強くなる。なまじ中途半端に触れ合ったせいで、自分の手で一度処理をしたくらいでは、収まりがつかないのだろう。智佳は全身から、眩暈《めまい》を誘われるほどに濃い雄の匂いを立ち上らせている。

断れば、このままここで押し倒されそうだったし、智佳の熱を最後まで感じられなくて、不満足なのは真紘も同じだった。

渡された服に着替え、真紘は智佳と家を出た。

あと一時間ほどで日付が変わる。少し動けば汗ばみそうな温い夜気が漂《ただよ》う住宅街の道は、静まり返っている。智佳と並んで、タクシーの拾える通りへ向かい、ゆるい坂道を下る。

十分ほど歩いていけば、駅前に出る。その近くに何軒かホテルはあるが、知り合いに目撃されないよう、少し遠出をすることにした。

「なあ、真紘。病院の近くにでもマンション買って、引っ越すか？」

「引っ越し？」

「ああ。同じ敷地内に遠慮《えんりょ》もへったくれもない家族がうじゃうじゃいたら、ゆっくり落ち着いていちゃつけないだろ」

それに、と智佳は鼻筋に皺を寄せて続ける。

まだいくぶん不機嫌そうだが、月光に照らされたその顔は美しく、なまめかしかった。

「考えてもみろ。これから裕一のところの三つ子が育って、春大の子供が生まれて、ますますうるさくなる一方だ」

「犬も二匹、いっぺんに増えることだしな」

もうすぐ生まれる春大の子供も、男の子だという。現在、敷地の東側で建設中の春大夫婦の家は、咲子の出産に合わせて完成する。その後は、「フランダースの犬」のＤＶＤを台詞を丸暗記するほどに繰り返し見ている春大はセントバーナードの子犬を、忠犬ハチ公と飼い主の関係に憧《あこが》れを抱《いだ》いている裕一は秋田犬の子犬を同時に飼い始める予定なので、あと何年かしたら、ちょっとした動物園なみに騒がしくなるだろう。

そんな想像をして、真紘は目を細めて笑う。

「あ。そう言えば、知ってるか、智佳。パトラッシュって、本当はセントバーナードじゃないらしいぞ」

「じゃあ、何だよ?」

「原作では、何とかかんとかフランダースってやたら長い名前の牧畜犬で、アニメのほうは日本の子供が親しみやすいように、監督がスタンダードな日本固有の犬とセントバーナードなんかの特徴をミックスして考えた架空《かくう》の犬なんだってさ」

「やけに詳《くわ》しいな。あんた、『フランダースの犬』、そんなに好きだったか？」

少し不思議そうに尋ねてくる智義に、「そういうわけじゃない」と真紘は肩を竦める。

「ああいう涙腺直撃のラストは、苦手だしな。今、診てる患者にアニメ好きの大学生がいて、ちょうど今日の診察のときに犬が出てくるアニメの話になって、聞いたんだ」

「ふうん。なら、裕一の犬と春大の犬がくっつけば、アニメ版のパトラッシュができるかもな」

「可能性はあるかもしれないが、そう上手くはいかないだろ」

他愛《たわい》もない話をしながら道を折れると視界が広がり、街の夜景が見えた。

ここは港町の高台にある住宅街だ。眼下に見下ろす街灯りの向こうには、夜の色を映《うつ》す海が広がっていた。遥《はる》か彼方《かなた》まで。

「ま、あのおっさんたちがアホなロマンを求めて飼《か》う犬のことは、どうでもいい。それは置いといて、俺たちのことを真面目に考えろよ、真紘。どうする、引っ越し」

セックスの最中に乱入されると、ばつが悪いような腹立たしいような何とも言えない気分になりはするが、それはほんの一時のことだ。同居をしていれば、盛り上がった雰囲気《ふんいき》についうっかり水を差してしまうのはお互い様なのだから、仕方ない。

智佳の声もそう本気で家を出ようと考えているものには聞こえないし、頭の隅《すみ》で検討《けんとう》するまでもなく真紘は「いい」と首を振った。

これから先は、何が起こるかわからない。知られたくない誰かにこの関係を知られてしまうかもしれないし、子供たちが思春期を迎えたときにはすぐには解決しがたい問題が生じるかもしれない。あるいは、智佳とふたりで赴任《ふにん》したい病院を見つけてしまうかもしれない。

人生の最後まで居心地のいいあの離れでぬくぬくと厄介《やっかい》になるつもりはないけれど、真紘はまだしばらくは家族と一緒にいたい。

自分と智佳はただ男同士というだけではなく、義兄弟だ。それなのに、愛し合ってしまった。互いを、生涯ただひとりの伴侶として選んでしまった。眉をひそめられ、罵倒《ばとう》されても仕方のない選択をした自分たちを優しく受け入れてくれた家族と、許される限り長く過ごしたい。できる限りたくさんの思い出を、もっともっと作りたい。そう思っている。

いつか離れ離れにならなければならないときが来ても、寂しくないように。

「俺は、賑《にぎ》やかなほうが好きだ」

「だけど、あんたのもっと好きなセックスを愉しむには、適さない環境だぞ？」

長身を屈め、智佳が耳もとで囁《ささや》く。

食い下がりはしても、揶揄い交じりの声には明らかな笑みが含まれている。やはり、智佳の提案は戯《たわむ》れのものだったようだ。

「死ぬまで一緒にいるんだから、多少邪魔されたところで、どうってことないだろ。それに、俺は犬と海へ散歩に行くのが子供の頃からの密《ひそ》かな夢だったんだ。だから、まだしばらくは、このままでいい」

「俺だって犬だぞ、真紘」

聞こえてきた言葉の意味がよくわからず、真紘は眉根を寄せる。

「……どこが?」

「何せ俺は、気位の高い女王様に毎日懸命に奉仕《ほうし》する、健気《けなげ》で忠実な騎士だからな。あんたの犬みたいなもんだろ」

「はあ?　俺はお前から、健気さとか、忠実さとかを感じたことは、」

ない、と言おうとした直前、ふいに手を握られた。

ひとけはなくとも、ここは路上だ。狼狽《うろた》えて背を強張《こわば》らせた真紘に、智佳が「ホテルで思い切りやったら、そのあとで海へ行こう」と言った。

「……え?」

「俺も、あんたと手を繋いで海辺を歩くのが、夢だったんだ」

笑ってそう告げ、智佳は手を離す。

「九州にいる間、何度か引っ越したけど、気がついたらいつも海に近いアパートばっか選んでてさ。この街の海に繋がってる水の色を毎日眺めながら、あんたのことを考えてた」

夜空から降りそそぐ月の光を思わせるやわらかな響きに——智佳が自分に向けてくれる深い

思いに、全身を強く包まれた気がして、真紘はうつむいて声を震わせる。

「……明るくなってたり、人がいたりしたら、手を繋ぐのは無理だぞ」

そんなに自分のことを思ってくれていたのなら、電話の一本でもくれればよかったのに、という拗《す》ねた言葉や、すれ違って無駄に苦しんだ十年を改めて悔やむ気持ちも浮かばないほどに、今この瞬間の幸せがただ嬉しくて、とても息苦しい。そして、智佳の体温が恋しい。

離れていった手に自分から指を絡ませたくなったとき、甲高《かんだか》い女の悲鳴が聞こえた。

「何するの、やめて！」

「ちょっと、返して！　返しなさいよ！　泥棒！　引ったくり！」

甘い気持ちを突き破る絶叫に続いて、何かが倒れる音がした。近くからだ。

真紘は智佳と一緒に走り出し、辺りを見回す。

数メートル先の脇道を入ったところで、スーツを着たふたりの女が折り重なるように蹲《うずくま》っていた。さらに、その少し奥に倒れた自転車を起こそうとしている人影が見えた。

「大丈夫ですか？　怪我は？」

駆け寄ってみると、この筋の家に住んでいる母娘《おやこ》だった。名前は思い出せないものの、顔は知っている。確か、母親は市内にある高校の教師で、真紘の母親とは少し交流があったはずだ。

「だ、大丈夫。大丈夫だから、あいつ、捕まえて。お願い！」

地面に尻餅《しりもち》をついて倒れていた母親が、起こした自転車に跨がる男を指さす。

「真紘。ここ、頼む」

言って、智佳が、よろめきつつ自転車を発車させたひったくり犯を追う。

「鞄、鞄が……。戻ってこなかったら、どうしよう」

狼狽《ろうばい》して取り乱す母親に、娘が寄り添う。初々《ういうい》しいスーツ姿で、いかにも新社会人といった様子の娘は、靴《くつ》を片方しか履《は》いていなかった。

何か乱暴なことをされたのかと心配したが、学生時代にソフトボール部のピッチャーだったという彼女が自分で咄嗟《とっさ》に脱ぎ、自転車目がけて投げたらしい。

「ひとりだったら、ちゃんと後ろには用心したんだけど、娘と一緒だったからつい油断しちゃって……」

犯人と智佳が消えた暗闇《くらやみ》へ呆然《ぼうぜん》と視線を向ける母親は「どうしよう。どうしよう」と何度も繰り返しながらも、財布のことなどはまったく口にしない。金ではなく、何かもっとべつの大切なもののことを案じているふうに感じられた。

娘の投げた靴が命中したことでどうにかなったのか、自転車のスピードはあまり出ていないようだった。智佳なら追いつくかもしれないけれど、無責任なことは言えない。真紘は代わりに、努めて穏やかにした口調で、鞄の中身を尋ねた。

「特に大したものははいってないの。でも、あの鞄は、お父さんが……、亡《な》くなった主人が、最後に贈ってくれたものだから……」

母娘はしきりに、故人が遺《のこ》してくれた大切な思い出の品の行方を気にしていた。

真紘はどちらにも怪我がないことを確かめ、智佳のあとを追った。ふたりの家はすぐ目の前らしいので、危険はもうないだろう。だから、警察が到着するまで付き添っているよりも、犯人の捜索に自分も加わるほうがいい気がしたのだ。

街路灯がぽつぽつと立つまっすぐに伸びた路地を曲がり角まで走る。その先で、道は二方向へ分かれていた。智佳たちがどちらへ進んだか、判断がつくような手がかりはない。

居場所を訊《き》こうと、電話をかけたが、応答もなかった。

心配になり、真紘は直感で選んだほうへ路面を蹴《け》って駆け出す。

子供の頃から住み、よく知っているはずなのに、智佳を呑《の》みこんだ目の前の光景が急によそよそしいものに感じられ、焦燥感《しょうそうかん》と心細さが膨れ上がる。

真紘は智佳の名を呼び、必死でその姿を探した。

どのくらいそうしていただろうか。闇雲に放っていた声に、「ここだ」とやっと返答があった。

智佳が、こちらへゆっくりと歩み寄ってくる。手には、鞄を持っていた。ひったくり犯から、取り戻したようだ。

月光を背にした逞しい長身が、何だかとても眩《まぶ》しく見える。誇《ほこ》らしい気持ちで愛おしい男の勇姿を見つめ、足を踏み出した直後、真紘は驚いてすくみ上がった。

智佳のTシャツの下半分が、大きく破れていたのだ。

「――どうしたんだ、それ。何されたんだ？　怪我は？」

気が動顛《どうてん》するあまり、答えを聞く前に救急車を呼ぼうと携帯電話を握ったが、「おい、落ち着けって」と宥《なだ》められる。

「俺は大丈夫だ。ほら、見て見ろ。何ともないから」

Ｔシャツをまくり上げ、智佳は「な？」と笑う。

しなやかに引き締まったその腹部に傷はなく、真紘は大きく安堵《あんど》の息をついた。

何のためなのか、ひったくり犯はズボンのポケットにドライバーを忍ばせており、追いついた智佳が取り押さえようとした際、それを振り回して抵抗したそうだ。その先端に服が引っかかり、破れてしまったらしい。

ドライバーも使い方次第で、危険な凶器となる。智佳が怪我を負わずにすんだ幸運に、真紘は心から感謝した。

「暗かったから、最初はナイフかと思ってさ。警戒して、怯《ひる》んだ隙に、犯人には逃げられた」

「鞄を取り戻したんだから、それで十分だ。あとは、警察に任せよう。お前はよくやった」

「どうせなら、言葉以外の褒美《ほうび》をくれよ、女王様。できれば、たっぷり」

たとえ一瞬ではあっても、肝が冷える思いをしたぶん、そんなにやけた軽口にすら嬉しさを感じた。

夢中で走っていたので気づかなかったが、あの母娘に出会った場所からずいぶんと離れた所まで来てしまっていた。青白い月光と街路灯の光に薄ぼんやりと照らされた道は、とても静かだ。今すぐ抱きつき、望まれることを何でもしてやりたい衝動を抑えこむために、真紘はわざと気のない素振りをする。

「明日以降なら、考えてやらないこともない」

「……明日、以降?」

「そうだ。一度、着替えに戻らないとそんな格好じゃホテルには入れないし、警察にも話を聞かれるだろうから、今晩は時間的にもう無理だろう?」

「そんなことはない。駅前のコンビニで、Tシャツ売ってるだろ。買って、着替えれば、何の問題もない。それに、用があるとか何とか言って、聴取は明日にしてもらえばいい。俺たちは善意の協力者なんだから、そこらへんの融通《ゆうずう》は利《き》かせてもらってしかるべきだ」

冗談を真に受け、本気で反論をしてくる顔がおもしろく、つい小さく笑ってしまったとき、女の悲鳴が耳に届いた。

誰か、と一声だけの、かすかなものだったけれど、確かに女の悲鳴だった。

「智佳。聞こえたか、今の」

「ああ。どうなってるんだ、今晩は。次から、次へ」

顔を見合わせた智佳と、声のする方向を探す。

ほどなく、こちらに背を向ける格好で、腰を抜かしたふうに路上に座りこんでいる女を見つけた。街路灯が近くになく、暗いせいで、後ろ手に何かから逃げようとしている背中しか見えないが、おそらく先ほどのあの娘だ。鞄のことをかなり気にしていたので、じっと待っていられなくなり、真紘のあとを追ってきたのかもしれない。

一体、何に怯えているのかと目をこらし、安否《あんぴ》の確認をしようとしたのと、彼女の前の暗がりの中から黒いものがぬっと出てきたのとはほぼ同時だった。

「ねえ、逃げないでよ。パンツくださいってこんなにお願いしてるのに」

「こ、来ないで……。あっち、行って！」

「だから、パンツ脱いで、僕にちょうだいってば。僕、中身には全然興味ないから、パンツくれたら、帰るよ」

むっちりと脂肪《しぼう》がついているのに不思議と俊敏さを感じさせる小柄な体軀《たいく》に、パンツを被った丸い顔。

黒ずくめの全身が闇と同化していて、近づくまでそこにいることに気づかなかったが、あれはむっちりしたほうの、——本物の犯罪者のほうのパンツ仮面だ。

「い、いや……っ」

「えー、嫌なのぉ？　じゃあ、僕が脱がしちゃうよ。僕、普段はこんな乱暴なことしないんだけどー、でもさ、今晩は最初に、近くで見たらシワシワだった若作りなオバサンに騙《だま》されちゃって、すっごく気分が悪いんだよね。脱がされたくなったら、僕にパンツください！」

独特の粘《ねば》り気《け》がある話し方に、幼稚な言葉遣い。おそらくは、香奈に対するものだろう侮《ぶ》辱《じょく》。そして、よく見ると、単に下着を被っているのではなく、色や素材の違うものを重ねて装着している気持ちの悪い変態性。

何もかもが許しがたかった。拳《こぶし》を握った真紘がそうするよりわずかに早く、智佳が「おい！」と怒声を上げて、パンツ仮面に飛びかかった。

今晩こうむったすべての不運の諸悪の根源である変態犯罪者を目の前にして、智佳が爆発させた怒りの一撃で、丸みを帯びた小さな身体はころんと一回転してひっくり返った。

「いやぁ、おふたりとは、何だか妙なご縁がありますねぇ」

覆面《ふくめん》車両を運転しながら笑って言ったのは、真紘のストーカー被害の事件を担当した刑事だった。今は、生活安全課から人手不足の刑事課へ、応援要員として派遣されているそうだ。

間を置かずに複数の事件に関わってしまった以上、今晩は都合が悪い、と逃げるわけにもいかず、神束署で事情聴取を受けたあと、真紘と智佳は刑事に自宅まで送られることになった。

真紘たちの目的地はホテルなのだから、ありがた迷惑だったけれど、何しろ時間が時間だ。午前を過ぎているのに、「これから、ちょっと飲みに行くので」などの嘘も使えず、用意された覆面車両に観念して乗るしかなかった。

「それにしても、参りましたよ。あのパンツ男、もうまったく意思の疎通《そつう》ができなくて」

黙秘をしているのかと思ったが、どうやらそうではないらしい。

「喋《しゃべ》りはするんですが、わけのわからないことばかりで。パンツの被り方のこだわりとか、重ねれば重ねるほど女性の愛に何重にも深く包まれて、幸せになるんだとか何とか」

刑事はため息をつき、首を振る。

「お兄さんのほうは、確か心療内科の先生ですよね。ああいう輩《やから》とまともに話をするには、どうしたらいいんです？　素人《しろうと》でも使える簡単なコツなんて、ないものですかねえ」

心療内科と精神科の区別がついていない質問に、真紘は「そんな便利なものがあれば、私が知りたいです」と苦笑を返す。

「まあ、その話からすると、愛を欲しているようですから、過《あやま》ちから立ち直ってもらいたい、という刑事さんの愛を根気よく示せば、いつか対話が可能になるかもしれませんね」

「愛、ですかぁ。生憎《あいにく》、変態にまで配れるほど、持ち合わせがなくて」

自分も愛に飢《う》えている悲しい男なので、と口角を下げて告白した刑事が運転する車は、しばらくして家に着いた。時刻は午前二時を過ぎていた。

少し前までは、何時になろうと智佳が望めばホテルへ行く気だったけれど、こうして門前に立ってみれば、丑《うし》三つ時の外出が何だか億劫《おっくう》になってきた。

「今晩は運がなかったと思って、大人しく諦《あきら》めろ。明日、サービスしてやるから」

捜査車両を見送ってそう言った真紘に、智佳は「今がいい」と頑《かたく》なだった。

「今、あんたを最後まで抱かないと、収まりがつかない」

「一晩くらい、我慢しろ。こんな時間じゃ、タクシーを拾うのも一苦労だぞ」

「ああ。だから、ホテルへ行くのはさすがに諦める」

「じゃあ、どこでするんだ？」

尋ねた真紘の手を引いて、智佳は庭へ入る。

「もう皆、寝てるから、気づかれない。だから、いいだろう？」

母屋からも、道路からも離れた場所の木陰《こかげ》で抱きしめられ、真紘は驚く。

「……おい。まさか、庭《ここ》でする気か？」

「一度だけだ。だから、頼む、真紘。もう、我慢できない。このまま何もしないで離れへ戻って、あんたと同じベッドに入ったら、絶対におかしくなる」

熱を帯びた声で懇願《こんがん》してくる智佳がぐりぐりと押しつけてくる股間は、申告通り、硬く盛り上がっていた。

先ほど、車を降りたときは、こうではなかったはずだ。一体、いつの間に変化したのだろう、と呆れつつも、あからさまな激しさで自分を求めてくれる智佳への愛おしさがこみ上げてくる。

野外でのセックスは初めてなので、戸惑いはあった。けれども、母屋からは物音ひとつしないし、今夜はこんなにも暖かい。一度くらいなら、皓々《こうこう》と輝く美しい満月の光に酔って、羽目を外してみるのも悪くない気がした。

「本当に、一度だけだからな」

背伸びをして、唇を掠《かす》めるキスで智佳に承諾《しょうだく》を与えた次の瞬間、荒々しい手つきでジーンズの前を暴《あば》かれ、下着と一緒に足首のあたりまで引きずり下ろされた。

「上も、脱いでくれ」

Tシャツの裾を引っ張って、智佳がねだる。

「こんなところで、素《す》っ裸《ぱだか》になれっていうのか？」

「これを着たままじゃ、あんたのペニスが揺れ回るところをちゃんと見られないし、乳首にも触りにくい」

気持ちよくしてやるから、と甘い声音で唆《そそのか》され、抗《あらが》いきれなかった。

真紘は、Tシャツを脱いだ。月光と、ほのかに届くガーデンライトの薄明かりが、あらわになった肌を淡く照らす。

乳首も性器も、散々、観察されつくされているけれど、いつもと状況が違うせいか、やたらと恥ずかしい。羞恥心《しゅうちしん》で興奮が煽られ、まだ何もされてないのに、ペニスがふるんと頭を擡《もた》げて揺れた。

「真紘、綺麗だ……」

切羽詰《せっぱつ》まったような掠れた声を落とし、智佳は真紘の身体を反転させると、目の前の木に手をついて、腰を突き出す格好にさせた。

はしたない姿勢のせいで、窄まりが自《おの》ずと襞を広げ、内側の熟《う》れた肉をわずかにほろりと露《ろ》出《しゅつ》させる。その直後だった。唾液で湿らせたらしい指先で、肉の環の中央を突かれた。

「――ん、ぅっ」

数時間前の結合のほころびを十分に残しているそこは、細長い男の指を難なくずるりと根元まで呑みこんだ。

「まだ、やわらかいな……」

低い声で独《ひと》りごちるように言って、智佳は肉筒の中で指をゆっくりと前後させる。

「は……っ、ぁ、ん」

指の動きが緩慢《かんまん》なぶん、無理やり広げられる隘路の抵抗が体内へ強く響き、気持ちがいい。家族が寝ている家の庭先で淫《みだ》らな行為に耽《ふけ》っている背徳感も手伝って、腰の奥で芽吹いた疼きの火が瞬く間に大きくなってゆく。

「ん、ふ……っ。ぁっ、は……、智佳……」

身体が、もっと強い刺激を求めていた。真紘は本能に促《うなが》され、雄の攻めを誘おうとはしたなく腰を振った。

「すぐ、挿れていいか?」

もう肌は火照《ほて》っている。嫌なはずがない。真紘は頷き、衝撃に備えて木に突いた手の先に力を込める。

「真紘、行くぞ」

指が引き抜かれ、肉環がものほしげに襞を波打たせる。そこへ、素早く取り出された怒張の先端が宛《あて》がわれる。

「あ……っ」

予想外の熱さと硬さ、そして興奮の度合いを示す先走りの多さに狼狽えて声を震わせた直後、秘所の窄まりを強い力でえぐられた。

「――く、ぅ……っ、んっ、ん！」

大きく張り出した亀頭のふちがずぽんと肉環を突きくぐった瞬間、強烈な愉悦が脳髄《のうずい》を震わせ、真紘は背を弓なりに反らせて悶《もだ》えた。

「――はっ、すげえな、真紘。あんたの中、嘘みたいにうねりまくってる。速効で、ペニスをすりつぶされそうだ」

息を荒くして低く笑い、智佳が腰を荒々しく突きこんでくる。

肉と肉が擦れ、絡まり合う、この上なく卑猥《ひわい》に粘る水音が、耳にはっきりと届く。

「あっ、ぁ……ぁっ。は、……んっ」

狭いそこの粘膜を強く深く掘りこみながら、智佳は真紘の中へずぶずぶと侵入してくる。まさに肉の剣で串刺《くしざ》しにされているかのような凄まじい圧迫感に、腰が躍り上がる。

ぴくぴくと痙攣《けいれん》する真紘のペニスの先からは、淫液が長い糸を引いてしたたり落ちている。

「真紘、気持ちいいか？」

怒張を根元までずっぽりと埋めこんだ智佳の手が、ふいに胸もとへ伸びてきた。

「——あっ、は……っ、ぁん！」

尖《とが》り勃っていた乳首をきゅっとつままれ、指の腹でくにくにと揉み転がされ、歓喜の火花が脳裏で散った。悦楽の極みへ放り投げられかけたが、真紘は咄嗟に自身の勃起をきつく摑み、弾ける寸前で射精をやり過ごした。

このまま精を放って周囲を汚せば、ここで何をしていたか、朝になれば家族に知られてしまう。まだほんのわずか残っていた理性が、そのことに気づいたのだ。

どうしようと狼狽えたけれど、快感に支配された頭ではどうすればいいかわからなかった。

「と、智佳。ちょっと……、待てっ。う、動く、な……っ」

「何で？」

急に示した抵抗への罰《ばつ》を与えるかのように、智佳は乳頭を押しつぶした。

「あっ、馬鹿……っ。あ、ぁ、んぅっ！　こ、ここ、汚し、たら、ばれる、だろ……っ」

「大丈夫だ、心配するな。朝、水を撒《ま》いて、証拠は隠滅《いんめつ》しておく」

でも、と言いつのった真紘の腰の両脇を、智佳がしっかりと摑む。

「俺のことだけ考えて、感じて、イけよ、真紘。俺も、出すから」

そんな宣言と共に、苛烈《かれつ》で重い抽挿が始まった。

「──あっ」

猛々しい突き上げが、次々と躊躇なく繰り出される。爛熟《らんじゅく》した内部を激しく掘りえぐり、掻《か》き回《まわ》しながら、智佳はその雄の形を獰猛《どうもう》に変えてゆく。

受け入れられていることが信じられない巨大なものが忙《せわ》しない速さで出入りするたび、肉環の襞がめくれ上がっては巻きこまれる。背後からの情熱的な揺さぶりの振動が下腹部へも伝わってきて、屹立が陰嚢ごとあちらこちらへぶるんぶるんとしなり回り、先端から濁《にご》った蜜液を飛ばす。

たまらなく気持ちがいい。下肢が溶け落ちてしまいそうだ。

「ふっ、ぁ……っ。んっ、んっ、ん……っ」

喘ぎ声を抑える以外のことに、自制は何も働かなかった。

真紘は快感を生み出す太い肉の杭《くい》をより深く咥《くわ》え込《こ》めるように突き出した腰を、なりふりかまわず振り立てた。

「──っ。真紘、出すぞっ」

突き上げが激しさを増す。脈動する怒張もあからさまに嵩《かさ》を増し、ぐんと奥へ伸びてきた。

「ひうっ」

身体の奥深くで、夥《おびただ》しい量の欲情が放出されたのを感じながら、真紘もびゅろびゅろと白濁《はくだく》を撒き散らした。

しばらくは互いに言葉もなく、荒い息だけを繰り返した。やがて、ほとんど同時の絶頂を迎えた余韻《よいん》がわずかに冷めると、後背位で繋がったままの格好でどちらからともなく口づけた。

優しいキスは、ほんのりと煙草の味がした。

「……苦い」

何が、と笑って、智佳は指先で真紘の乳首をくいくいと持ち上げた。

「煙草」

「ああ。嫌か？」

「そういうわけじゃないが、お前、普段はあんまり吸わないだろ。たまに煙草の味がすると、ほかの男としてるみたいな気分になる」

「で、興奮するのか？」

馬鹿、と苦笑したとき、しとどに濡らされた肉筒の中で智佳が漲りを取り戻したのを感じた。

「……おい。何、でかくしてるんだ」

「あんたが、煽るからだろ」

いつ、そんなことをした、と抗議をするより先に、緩やかな律動《りつどう》が再開される。攪拌《かくはん》された精液が、結合部の隙間から漏れ出てきて、真紘は吐息を震わせる。

「もう一回は嫌か？　嫌なら、無理はしない」

「……訊くな、馬鹿」

視線を逸《そ》らして早口に告げたとたん、智佳の腰遣いが獣じみたものになった。

硬くて熱くて太いペニスが、ぬかるむ体内を荒々しい速度でえぐり突く。大胆な動きで深く掘りこまれるつど、脈打つ熱塊に密着する肉襞がつぶされるかのように圧せられ、あまりの快感に内腿がぶるぶると激しく痙攣する。

激しい摩擦によって、泡立つ白濁が粘膜に沁みこんでくるのを感じながら、真紘は愛液を撒き散らした。


庭で愛し合ったのは、裕一に気兼ねをしてのことだった。なのに、満足するまで幾度も抱き合って戻った部屋は無人だった。寝袋ごと消えていたので、きっと夜中にひとりぼっちで目を覚まして寂しくなり、香奈のもとへ帰ったのだろう。

人騒がせな夫婦喧嘩だったが、べつに迷惑には思わなかった。成り行きではあったけれど、ベッドの中では味わうことができない快楽を知れたのは、裕一のおかげなのだから。

智佳と手を繋いで短い眠りについた真紘を起こしたのは、青葉にさらさらと当たる水の音だった。約束通り、智佳が庭で水撒きをしているようだ。

真紘はベッドの上で、身を反転させた。そろそろ目覚まし時計の鳴る時間だ。起きなければ、と思うけれど、手足がなかなかいうことをきかない。数時間前の激しいセックスで疲弊《ひへい》していると言うより、身体中に幸せと喜びが詰まっていて重いのだ。

素肌を包むシーツの感触が心地よく、そのままベッドの上でごろごろしていたとき、部屋にTシャツに短パン姿の智佳が入ってきた。

真紘、と呼ばれたが、寝たふりをした。声ではなく、キスで起こしてほしかったからだ。

しかし、思惑《おもわく》は外れた。智佳はベッドの横を素通りし、クローゼットの扉を開けて何かをしている。気配が怪しく、どうもスーツに着替えているふうでもない。

嫌な予感がして、そっと様子をうかがい、真紘は眉を寄せた。

智佳は衣装ケースを開けて、真紘の下着を物色していた。一度に何枚も取り出しては、それらを重ねることを繰り返している。色の組み合わせがいまいちなら首を傾げたり、気に入ればにんまりして眼前へ持ち上げ、横から見たり、裏から見たり、中へ顔を突っこんだりしている。

どうやら、昨夜のむっちりパンツ仮面に感化され、下着を重ねてマスクにするという珍技を会得してしまったようだ。

真紘は軽い目眩を覚えて、小さく息をつく。自分への愛の深さゆえの行動なのだから、一枚の下着をこっそりいじって遊んでいるくらいなら、見なかったふりもできる。だが、下着のかさね色目までしはじめられては、看過できない気持ちが湧き起こる。

「何してる、智佳」

枕に肘《ひじ》を突いて諌《いさ》める声を投げると、ちょうど新しく重ね合わせた下着の中へ鼻先をうずめようとしていた智佳が一瞬、動きをとめた。

少しくらいは狼狽えて見せれば可愛《かわい》げがあるのに、智佳は穴の部分からのぞかせた目をたわめ、「真紘の愛に何重にも包まれるのは、どんな感じかと思って」と笑った。

開き直った変態外科医の顔は、呆れるほどあでやかで美しかった。

「……俺の愛は、そんなところには入ってないぞ、この変態」

「そんなことはない」

真紘の下着を鼻に押し当てて一呼吸し、智佳は「真紘の愛の匂いが、ちゃんとする」と真顔で言った。

それは洗剤の匂いだと自分も真面目に反論すればいいのか、お前は本当に困った変態だなと笑えばいいのか、咄嗟に判断ができなかった。

ただぽかんと瞬いた真紘に微笑みかけ、智佳はベッドのふちに腰を下ろす。手に、白と濃淡のグリーンという初夏らしい色を重ね合わせた真紘の下着を持ったまま。

「どんなものでも、あんたのものに触ったら、あんたの愛や匂いを俺は感じる」

冗談とも本気ともつかないやわらかな声音で驚くべき特殊能力の告白を高らかにした男の美貌を、真紘はじっと見つめる。

「……どんなもの、でも？」

「ああ。どんなものでも全部だ」

「なら、マスクにしたり、匂いを嗅《か》いだりするのは、もっとほかのものでしたらどうだ？　タオルとか、ハンカチとか、タオルとか」

「そういうものも色々試したが、あんたのパンツが一番いい匂いがして、手に馴染むんだ。だから、俺はこれがいい」

「……そうか」

そうだ、と頷いた智佳の指が、真紘の頬を撫でる。大切な宝を慈《いつく》しむようにそっと、優しく。

「愛してる、真紘」

耳に届いたとたん、鼓膜《こまく》ごと思考回路が蕩《とろ》けてしまいそうになる甘い声で愛を囁かれ、頭の中でぐるぐると回っていた様々な思いが深い幸福感に取って代わられる。

重ねた下着を大事そうに持つ智佳の姿が、この世の何よりも魅惑的に見え、真紘は心の中で白旗を揚《あ》げる。

真紘は、智佳が隣にいてくれれば、それだけで幸せだ。心が満たされる。だから、智佳がどんなおかしな趣味や性癖《せいへき》を持とうと、愛し通せる自信はある。はっきりと。

けれども、願わくば、大変態よりは小変態でいてほしい。

そんなことを思いながら真紘は身を起こし、智佳の背を抱いた。

「俺も、愛してる」

あとがき

鳥谷しず

私は白衣＋ネクタイにとても萌《も》えます。今作はそんな萌え〜だけで「医者もの！　義兄弟！ＥＤ！」と自分的に興奮するネタをこねくり回したものの、あえなく没《ぼつ》になってしまったももいろへヴン用短篇プロットをしつこくサルベージしたんですパート２です（ちなみに、パート１は『恋色ミュージアム』です、よろしくと宣伝してみます）。

デビューしたてほやほやの、何もわからずぽやーんとしながらプロットを作ったときには想像もしていなかったのですが、萌えはあっても馴染みは皆無のお医者さんものは、原稿を書いている最中に「うぉー!!」と奇声を発してどこかへ走って行きたくなるほど難しかったです。

そして、資料を読みながら、どきどきして血圧が上がり、何度も病院へ駆けこみたくもなりました。と言うのも、私は不摂生《ふせっせい》＆不健全の塊《かたまり》なので、資料で目にした色んな病気の症状に「こ、これは……！」と心当たりがありまくりだったのです。

でも、財布と保険証を握って、病院へ行こうとするたび、とある悲しい思い出が蘇《よみがえ》って思いとどまりました。――昔々の、まだぴちぴちフレッシュで、今よりももっと頭がスカスカしていた学生だった頃の話です。テレビでたまたま脳梗塞《のうこうそく》の特集をちら見し、中途半端な断片情報だけで「脳梗塞＝すぐ死んじゃう」と思いこみインプットをした翌日、頭を金槌《かなづち》で殴られたようないまだかつて経験したことのない痛みに襲われました。前日のテレビで聞いた症状そっくりで、「まさか……」と思いましたが気づかないふりをしました。私は超チキンなので、怖いものは直視できないのです。が、その深夜にも再び同じことがあり、「もうこりゃ駄目だ」と覚悟を決め、翌朝会う予定だった友人に「皆に報《しら》せてね」とメールで遺書《いしょ》を送り、遺品整理のときに発見されたら恥ずかしいブツを全てマンションのゴミ箱に出してから（↑24時間利用可能なゴミステーションです。マナー違反のゴミ出しではありませんよ）、タクシーで救急病院へ乗りつけました。が、結果は肩こりからくる頭痛でした。当直の先生に「君は周りに迷惑を掛けながら、自分だけは百歳まで生きるタイプだよ」と人生を占《うらな》われたのも、友人に「お願い、誰にも言わないで～」と遺書撤回懇願《てっかいこんがん》メールを送り、朝陽が燦々《さんさん》な中、腐女子の宝物を回収するためにマンションのゴミ箱を漁《あさ》らねばならなかったのも、悶絶《もんぜつ》ものの恥ずかしさでした……。

　私の人生の大半はこんな感じの恥《はじ》と後悔でできていますが、いつまでも元気でもりもりエロ本を出したいので、あのときの先生の占いが当たっているといいな、と願っています。

　そうそう。今作はアキ号掲載作で、アキ号は年に一度のテーマ特集号です。以前にもアキ号には何度か載せていただきましたが、特集テーマとは何の関係もない話をこそっと混ぜてもらっていた状態だったので、私にとって今作は記念すべき「初めて特集に入れてもらえて嬉しいな！」作品でもあります。素敵なイラストを描いてくださったCiel《シエル》先生、担当様はじめお世話になった皆様、そして応援してくださった読者の皆様、本当にありがとうございました！

DEAR+NOVEL

その兄弟《きょうだい》、恋愛不全《れんあいふぜん》

この本を読んでのご意見、ご感想などをお寄せください。
鳥谷しず先生・Ciel先生へのはげましのおたよりもお待ちしております。
〒113-0024　東京都文京区西片2-19-18　新書館
[編集部へのご意見・ご感想] ディアプラス編集部「その兄弟、恋愛不全」係
[先生方へのおたより] ディアプラス編集部気付 ○○先生

初　出
その兄弟、恋愛不全：小説DEAR+ 13年アキ号（Vol.51）
その兄弟、愛の進化形：書き下ろし

新書館ディアプラス文庫

著者：鳥谷しず [とりたに・しず]
初版発行：2014年5月25日

発行所：株式会社新書館
[編集] 〒113-0024　東京都文京区西片2-19-18　電話(03)3811-2631
[営業] 〒174-0043　東京都板橋区坂下1-22-14　電話(03)5970-3840
[URL] http://www.shinshokan.co.jp/
印刷・製本：図書印刷株式会社

定価はカバーに表示してあります。乱丁・落丁本はお取替えいたします。
ISBN978-4-403-52352-6

SHINSHOKAN